C'EST ICI QUE TOUT COMMENCE

Il faut lire les cases dans l'ordre des chiffres indiqués et, à l'intérieur de chaque case, suivre l'ordre alphabétique. Bonne lecture.

LEXIQUE

Carp : équipe de base-ball d'Hiroshima.

Chocolat : au Japon, le jour de la Saint-Valentin est un rituel social (et hautement commercial, évidemment). Les filles offrent du chocolat aux garçons dont elles sont amoureuses. C'est le seul jour où elles peuvent se permettre d'exprimer leurs sentiments ! Dans les établissements scolaires, c'est toujours la folie, en tout cas, pour les garçons qui ont le plus de succès. Et à la fin de la journée, ils se retrouvent avec des boîtes de chocolats à ne plus savoir qu'en faire !

Convini : contraction de convenience store.
Les convini sont des supérettes de quartier ouvertes 24 heures sur 24 dans les grandes villes.

Gôkon : terme consacré pour parler de soirées organisées pour que des groupes de célibataires des deux sexes se rencontrent.

Groupe sanguin : au Japon, de même que pour les signes du zodiaque, on dit que les groupes sanguins définissent le caractère.

Kakinotane : crackers de riz soufflé.

Karaoké : au Japon, on ne pratique pas le karaoké comme en France : des établissements spécialisés proposent des cabines insonorisées où on peut se retrouver en petit comité (amis, collègues...) pour boire un verre et chanter sans déranger personne avec sa play list.

Niku udon : nouilles à base de farine de blé (udon) servies dans un bol avec de fines tranches de bœuf (niku).

Senpai : mot à mot aîné, se dit d'une personne qui a plus d'ancienneté dans une école, ou d'expérience dans un domaine.

Tamagozake : grog composé de saké japonais chaud dans lequel on a délayé un œuf.

Yakisoba : nouilles de sarrasin sautées avec des légumes et de la viande.

Zlurp : la politesse au Japon implique que l'on déguste les nouilles en les aspirant d'un coup, en émettant ce bruit court caractéristique, que le non-initié peut avoir du mal à reproduire dans toute sa noblesse (au premier abord, ce n'est pas très appétissant !).

涼風
SUZUKA
VOLUME 2
KOUJI SEO

SOMMAIRE

涼風
SUZUKA
#5 RÉVÉLATION

ALLEZ, UN PEU DE NERF !
ON S'ACTIVE !
METTEZ-VOUS PAR DEUX !
MESURE DES PERFORMANCES INDIVIDUELLES, HEIN... PARFAIT, PARFAIT !
...
T'AS L'AIR BIEN SÛR DE TOI...
T'EN FAIS TROP, YAMATO !
ARRÊTE, C'EST LE GENRE DE TRUC OÙ JE SUIS TROP BON, TU PEUX PAS SAVOIR, HATTORI !
SURTOUT QU'EN SPORT, J'AI TOUJOURS ÉTÉ NUMÉRO UN AU COLLÈGE !
AH BON ! BEN, ON Y VA, ALORS, TIENS, AUX POMPES, Y A PAS TROP DE MONDE...
EUH ! AU SAUT, Y A PERSONNE ! AU SAUT !
ÇA TE FAIT PAS FLIPPER ?
QUOI ?
C'EST PAREIL, ICI OU LÀ...

TU ES TOUTE CONTRACTÉE !
JE SAIS !
TRBL
TRBL
AH OUAIS D'ACCORD... OK !
QUOI, MAIS NON C'EST PAS POUR ÇA DU TOUT !
SUZUKA ! SAKURAÏ !
ON PEUT SE METTRE AVEC VOUS ?
EH, HATTORI !
HATTORI !
BEN, SI VOUS VOULEZ...
OUI ! BIEN SÛR !

COOL POUR TOI !
JE M'EN FOUS !
...
JE SUIS AVEC YAMATO !
BON, ALLEZ ! TU COMMENCES, SUZUKA !
ON S'ASSIED BIEN SAGEMENT !
MAIS J'VEUX RESTER DEBOUT, MOI !
OK !
CRÉTIN ! FAIS CE QUE JE TE DIS !
SCHROC
MAIS !
BRAFF

T'AS BIEN FAIT DE M'ÉCOUTER, HEIN !
...
Hiii ! TU ES TROP FORTE, SUZUKA !
BON, À TOI, SAKURAÏ...
JE PASSE MON TOUR ! TU VEUX Y ALLER, YAMATO ?
EUH...
HEIN ? MOI ?!
KRIK KRAK
CHAMPION ! ♡
JE VAIS TE BATTRE SUZUKA, LES DOIGTS DANS LE NEZ !
POF POF
VAS-Y, YAMATO !
IL EST SÛR DE LUI !
VOUS ALLEZ VOIR !
J'AI TOUJOURS ÉTÉ LE MEILLEUR AU COLLÈGE !

BAAF
72,5 CM !
QU'EST-CE QUE VOUS DITES DE ÇA ?
PAS MAL, NON ?
...
BRAVO !
BEN ?!
EH BEN ?!
BEN C'EST-À-DIRE QUE SUZUKA A FAIT 84 CM...
84 CM ?!
T'AS RIEN REGARDÉ, TOI !
SI MAIS... WAH !

T'IN-QUIÈTE, DANS TA CAM-PAGNE, TU ES SÛRE-MENT LE MEIL-LEUR...
TOI, TE FICHE PAS DE MOI !
BON BEN, À MON TOUR ALORS, HEIN !
BAK
84 CM ?!
YES ! PAREIL QUE SUZUKA !
PAS MAL !
HA-TORI ! ÇA ALORS !
EUH !
...
BON ALLEZ, LA SUITE ! JE SUIS BON DANS PLEIN DE DOMAINES, MOI !
MAIS OUI, YAMA-TO !
C'EST ÇA, OUI !

DING
PONG
DING
DONG
ON DIRAIT QUE...
TU AS PRIS UN COUP DE VIEUX.
J'SUIS MÊME PLUS BON EN SPORT...
J'SUIS NUL...
NE DIS PAS ÇA !
C'EST PARCE QUE TU TE REMETS À PEINE DE TA GRIPPE !
TU T'ES INSCRIT DANS CE LYCÉE À CAUSE DU SPORT. JE ME DISAIS QUE TU DEVAIS ÊTRE BON... JE M'ATTENDAIS À DES MEILLEURS RÉSULTATS...
EN FAIT, T'ES TOUT JUSTE MOYEN !
...
ARGH
TU N'ES PAS GENTILLE ! TU VAS FAIRE MOURIR GRAND-PÈRE !
MAIS TOI, HATTORI, C'EST TOUT LE CONTRAIRE ! C'EST INCROYABLE !
TU DEVRAIS T'INSCRIRE DANS UN CLUB !
NON, C'EST PAS POUR MOI...
2me C
YASUNOBU HATTORI
SAUT 84 cm
GAUCHE DROI
MAIN 53 kg 55
SAUT LATÉRAL 71 Sauts
PUISSANCE LATÉRALE 193 kg
LANCER DE BALLE 49 m

DES MEILLEURS QUE MOI, Y EN A PLEIN DANS CE BAHUT !
J'AI PAS ENVIE DE ME TAPER LA HONTE, MOI !
T'AURAS SURTOUT MOINS DE TEMPS POUR DRAGUER !
TAIS-TOI, CHAMPION !
ARRÊTE, ÇA VA, HEIN !
ET MAINTENANT, LE 50 MÈTRES ...
POUR ÇA AUSSI, T'AS TOUJOURS ÉTÉ LE MEILLEUR, JE SUPPOSE !
...
HEIN ?!
ALLEZ, COURAGE, YAMATO !
ÇA Y EST, MAINTENANT IL VA DIRE QU'IL EST NUL EN TOUT !
CHUIS TROP NUL !
MAIS NON, EN VITESSE JE SUIS NUL !
AH BON ?
BEN OUAIS !
ENFIN, J'ÉTAIS BON À L'ÉCOLE, MAIS AU COLLÈGE...

UNE FOIS, J'AI PARTICIPÉ À UN RELAIS ORGANISÉ PAR LA VILLE...
MON COLLÈGE M'A INSCRIT AVEC TROIS AUTRES POTES, ET ON ÉTAIT SÛRS DE GAGNER...
ET VOUS AVEZ PERDU ?
OUAIS... LA HONTE TOTALE !
DEPUIS, J'AI PLUS JAMAIS FAIT UNE SEULE COURSE DE VITESSE...
ET T'AS FINI AU CLUB DE BASEBALL... PUTAIN DE DESTIN...
OUAIS, T'AS RAISON... JE ME CASSE ...
...
MAIS NON, RESTE ! QUI C'EST QUI VA ME CHRONOMÉTRER ?
PFF, TU VAS TROUVER...
WAAH
ALLEZ ALLEZ !
7' 31" !
ALLEZ !

MAIS SI ! PAPY VA PEUT-ÊTRE SE RÉVEILLER !
ÇA NE DONNE PAS ENVIE DE REGARDER...
TCHLIC TCHLIC TCHLIC
HUUUF
ÎL VA COURIR AVEC KOBAYAKAWA QUI EST ENTRÉ ICI GRÂCE À SES TALENTS DE SPRINTER !
MOI, JE DIS QUE ÇA VA ÊTRE DU SPECTACLE !
À VOS MARQUES...
OUI !
HUUUF
OUAIS...
TCHLIC

AH BEN, C'EST BIZARRE COMMENT IL A MIS LES STARTING BLOCKS...
AH OUI, ÇA C'EST SÛR...
IL DOIT SE DIRE QU'EN POUSSANT DES DEUX PIEDS EN MÊME TEMPS, IL IRA PLUS VITE !
IL EST UN PEU CON...
OUI, EN POUSSANT DES DEUX PIEDS EN MÊME TEMPS, J'IRAI PLUS VITE !
C'EST FORCÉ !
WHAAA
WHAAA
AAH, TOUT LE MONDE REGARDE ! JE DÉTESTE ÇA...
PRÊTS ?
SCHRAM
SCHRAM
ZUT !
TU ES LE MEILLEUR, YAMATO !
ALLEZ VOIR AILLEURS !
ET MERDE !
VOUS ALLEZ VOIR CE QUE VOUS ALLEZ VOIR !

À FOND LA GOMME !
...
QUOI ?!
IL PART PLUS VITE QUE KOBAYA-KAWA !?

BIP
HEIN ?! QUOI ?!
J'AI GAGNÉ ?!
5 SECONDES 93 CENTIÈMES ?!
BEN QUOI ?! C'EST UN BON CHRONO ?
HUF HUF HUF
EH ! T'ES TROP FORT, TOI !
HEIN ?
T'ÉTAIS DANS QUEL COLLÈGE ?

DIS, T'ES DANS UN CLUB ?
EUH... NON...
INSCRIS-TOI EN ATHLÉTISME, ALORS !
NON ! VIENS AU BASEBALL !
INCROYABLE ! INCROYABLE !
TU VOIS ? JE TE L'AVAIS DIT...
TU SAVAIS ?
NON, MAIS QUAND ON ÉTAIT GAMINS, ET QU'ON FAISAIT DES CONNERIES, IL S'ENFUYAIT TOUJOURS PLUS VITE QUE MOI...
ALORS J'ME DOUTAIS BIEN QUAND MÊME...
!
!
MAIS... ET SON HISTOIRE POUR LE RELAIS...
AH ! OUI, MAIS C'EST ÇA, C'EST SÛREMENT LES TROIS AUTRES QUI SAVAIENT PAS COURIR...
TU COURS DRÔLEMENT VITE !
ET EN BASEBALL, IL COURAIT PAS, IL ÉTAIT REMPLAÇANT...
...
ENFIN VOILÀ SON VRAI TALENT DÉVOILÉ AU GRAND JOUR !

SU-ZU-KA !
IL PARAÎT QUE JE COURS VACHEMENT VITE !
!
MOUAIS, C'ÉTAIT PAS TROP MAL...
HEIN ?
BON, TU VIENS, SAKURAÏ, ON DOIT COURIR, NOUS AUSSI...
HEIN ? ATTENDS-MOI, SUZUKA ...
QUOI ?! C'EST TOUT CE QUE TU TROUVES À ME DIRE ?!

INSISTE PAS, TU VIENS DE GRIMPER D'UN BOND DANS SON ESTIME !
C'EST... C'EST PAS POUR ÇA QUE J'AI COURU...
BEN ! ATTENDS !
MHH ...
OUI, C'EST ÇA, J'AI GRIM-PÉ DANS SON ESTI-ME...
SUZUKA...

LE THÉÂTRE DE QUATRE CASES DE SUZUKA...

NUMÉRO 5
L'OPTIMISTE

GNIOM
CHOMP
MGFFH
BOM BOM
ROF ROF
RON RON
MH ?
QUOI ?
SI TU AS QUELQUE CHOSE À ME DIRE, VAS-Y !
RIEN DE SPÉCIAL, EUH... SI...
IL FAIT BEAU, AUJOURD'HUI !
HEIN ?!
SCHHHK

涼風
SUZUKA
#6 ORAGE DE
PRINTEMPS

CRÉ-TIN !
T'AS PAS COMPRIS QU'ELLE EST DU GENRE AMOUREUSE TRANSIE ?
TRAN-SIE... ?!
C'EST QUOI, ÇA ?!
ÇA T'EST DÉJÀ ARRIVÉ DE REGARDER TOUT LE TEMPS UNE FILLE QUE T'AIMES EN SECRET !
OUI ET ALORS ?!
JE TE L'AI DIT, T'AS GRIMPÉ D'UN BOND DANS SON ESTIME AVEC TA PERFORMANCE QUI TUE !
ATTENDS, MOI-MÊME, J'AI PRESQUE EU LES BOULES QUE TU SOIS SI RAPIDE !
BEN MAINTENANT, TU SAIS CE QUE C'EST D'ÊTRE DE L'AUTRE CÔTÉ...
POURTANT MON HISTOIRE AVEC LE RELAIS, C'EST VRAI... JE VENAIS JUSTE DE RECEVOIR LE BÂTON...
QUAND LE COUREUR DE L'AUTRE ÉQUIPE AVAIT DÉJÀ ATTEINT LA LIGNE D'ARRIVÉE !
JE LE CROIS PAS ! C'EST PAS TOI QUI ES NUL, C'ÉTAIT LES AUTRES. C'EST CLAIR AVEC CE QUE TU VIENS DE DIRE EN PLUS !
UTILISE UN PEU TON CERVEAU !

ENFIN BREF, FAUT QUE TU COMPRENNES !
TU COURS VITE ET ÇA FAIT CRAQUER SUZUKA !
CHANCEUX !
OUAIS, BEN MOI, ÇA ME CONVAINC PAS, TON TRUC...
PARCE QUE JE LE VOIS BIEN, COMMENT QU'ELLE M'IGNORE, ELLE A PAS DU TOUT CRAQUÉ POUR MOI !
ARRÊTE, L'AMOUR, ÇA TE TOMBE DESSUS, C'EST TOUT...
...
AU FAIT, YASUNOBU...
OUI ?
NON, RIEN...
T'AS VU, IL FAIT BEAU !
OUAIS, C'EST VRAI...

SSCHHH
ET AVEC L'ÉQUATION PRÉCÉDENTE ...
NOUS REMARQUONS QUE...
AMOUREUSE TRANSIE, HEIN...
ET C'EST YASUNOBU LE DRAGUEUR DE PREMIÈRE QUI ME SORT ÇA...
BEN ?!
ELLE ME FIXE, ENCORE !
JE ...
JE LE CROIS PAS !

ALORS ELLE A VRAIMENT CRAQUÉ POUR MOI ?!
DING
BONG
IL FAIT BEAU, TU PARLES !
ET J'AI MÊME PAS PRIS DE...
...
...
BON, ALLEZ, TANT PIS !
JE VEUX PAS RENTRER MOUILLÉ, MOI !
SUZUKA, ELLE A TOUJOURS UN PARAPLUIE AVEC ELLE !
EUH, AU FAIT, SUZUKA !
EH, SUZUKA !

CE SOIR C'EST MUSCU... À CAUSE DU TEMPS !
OUI, JE M'EN DOUTAIS UN PEU !
EUH, TU AS TON EUH ?
BON, ALORS ALLONS-Y SINON ON VA SE FAIRE ENGUEULER !
HI HI
HI HI
ÉVIDEMMENT !
SON CLUB PASSE AVANT TOUT !
EUH...
YAMATO ?
...
HONOKA !

TU N'AS PAS DE PARAPLUIE ?
HEIN ?
BEN NON ...
ALORS ON... ON POURRAIT RENTRER ENSEMBLE ?
IL NE FAUDRAIT PAS QUE TU ATTRAPES ENCORE FROID...
EUH ...
C'EST-À-DIRE QUE...
JE DOIS FAIRE UN TRUC POUR EUH... HATTORI, TU VOIS, ALORS...
JE PEUX ATTENDRE !
EUH... NON, PAS LA PEINE, C'EST PAS IMPORTANT EN FAIT, JE LE FERAI DEMAIN !
?

TROP COOL, T'AS UN PÉPIN !
HEIN ?
T'ES LA MEILLEURE, SAKURAÏ !
TU ME SAUVES LA VIE !
EUH, HATTORI, QU'EST-CE QUE... ?!
J'AI UN GÔKON*, LÀ, ET, MANQUE DE BOL, J'AI PAS PENSÉ À PRENDRE DE PÉPIN CE MATIN !
EH, C'EST QUOI ? UN HAMSTER ?
UN CHAT...
AH, COOL !
ALORS TON CHAT, IL POURRAIT M'ABRITER JUSQU'À LA GARE ?
SI J'ARRIVE TOUT MOUILLÉ LÀ-BAS, T'IMAGINES LA HONTE ?
OK ?
HEIN ?!
HEIN ?!
MAIS... YAMATO, IL...
DÉSOLÉ, YAMATO, MAIS ENTRE POTES, ON SE COMPREND, HEIN !
EUH, OUAIS...

EUH EN FAIT... MAIS JE...
OUAIS, T'ES TROP SYMPA, SAKURAÏ...
...
OUF ...
SSCHHH
ASAHINA...
BON ...
COMBIEN DE TEMPS JE VAIS ATTENDRE CETTE FOIS ?
SSCHHH
IL FAIT BEAU ...
DISAIT-ELLE ...

SSCHH
...
ÇA COMMENCE À ÊTRE LONG...
PRAKLAK
PRAK
ON FAIT PAS DE LA MUSCU PENDANT DES HEURES QUAND MÊME !
ELLE VA ÊTRE TROP MUSCLÉE !
ALORS QUE LÀ, ELLE EST PARFAITE !
LA POITRINE, LA CHUTE DE REINS, TOUT...
BING
BING
PUTAIN JE DÉLIRE OU QUOI ?
BLA BLA BLA
ET PUIS Y EN A MARRE, JE ME CASSE !
POURQUOI JE L'ATTENDS ?!

...
TIP TOP
TIP TOP
BON, ICI, ÇA FERA PLUS NATUREL...
EUH, TIENS, SUZUKA, AU FAIT, EUH, J'AI PAS DE PARAPLUIE, DIS, ÇA T'EMBÊTE PAS SI... ? NON PARCE QUE SI ÇA T'EMBÊTE, C'EST PAS GRAVE, EUH... BON, PARFAIT, ÇA LE FAIT...
PLAF
ATTENDONS ENCORE UN PEU...
NON, ÇA VA PAS...
ÇA FAIT TROP LE GARS QUI ATTEND QUE LA FILLE LUI OFFRE LES CHOCOLATS DE LA SAINT VALENTIN !

YAMA-TO !
HURK
TU ES ENCO-RE LÀ ?
SUZU-KA !
JE... J'ARRIVAIS PAS À OUVRIR MON CASIER !
MAIS IL EST OU-VERT !
EUH... OUI, JE VIENS JUSTE D'Y ARRI-VER !
...
N'IM-POR-TE QUOI, MOI !
TU N'AS PAS DE PARA-PLUIE ?

ON N'A QU'À RENTRER ENSEMBLE ALORS ...
AH, EUH, BEN EUH, J'AI PAS DE PARAPLUIE, DIS ÇA T'EMBÊTE PAS SI... ? NON PARCE QUE SI ÇA T'EMBÊTE C'EST...
HEIN ?!
TU VEUX BIEN ?
BEN ...
OUI, POURQUOI ?
AH TROP COOL, T'ES TROP SYMPA !
DONNE, JE VAIS LE TENIR !
OK !
SSSCHHHH

...
...
WOOOSH
Y A...
Y A UN DE CES VENTS QUAND MÊME ...
ÇA DOIT ÊTRE LA FIN DU PRIN-TEMPS, ÇA...
...
...
WOOOSH
ÇA VOUDRAIT DIRE... QUE LE TEMPS VA SE RÉCHAUF-FER !
oui ...
...
oui ...

IL RACONTE VRAIMENT N'IMPORTE QUOI, HATTORI !
ELLE ME FAIT LA GUEULE ! C'EST PIRE QU'AVANT !
...
YAMATO, TU ...
HEIN ?
TU COURS DRÔLEMENT VITE, EN FAIT ...
INSISTE PAS, TU VIENS DE GRIMPER D'UN BOND DANS SON ESTIME !
TU TROUVES ?
J'AI... J'AI TROP ASSURÉ, HEIN !

...
C'EST VRAI ...
TODOM
HEIN... ?!
Hiii !
BRAff
EH ? SU-ZU-KA !

!
SSSSCAAH

'SCUSE !
J'AI LÂCHÉ LE PARA-PLUIE !
BRAF
NON ...
BROFF
HEIN ?
SSSCHHH
QUOI ?!

LE THÉÂTRE DE QUATRE CASES DE SUZUKA...

NUMÉRO 6 AUCUNE MÉMOIRE...

EUH... EUH... SUZUKA...
SSHHH

#7 SECRET

旭湯
301
NHK 3.5
AKITSUKI YAMATO
MHH...
BEN ELLE A PAS DIT UN MOT, PAS UNE EXPLICATION...
MAIS C'EST TROP CLAIR...
FROT
SI ELLE A FAIT ÇA, C'EST QUE... QUE...

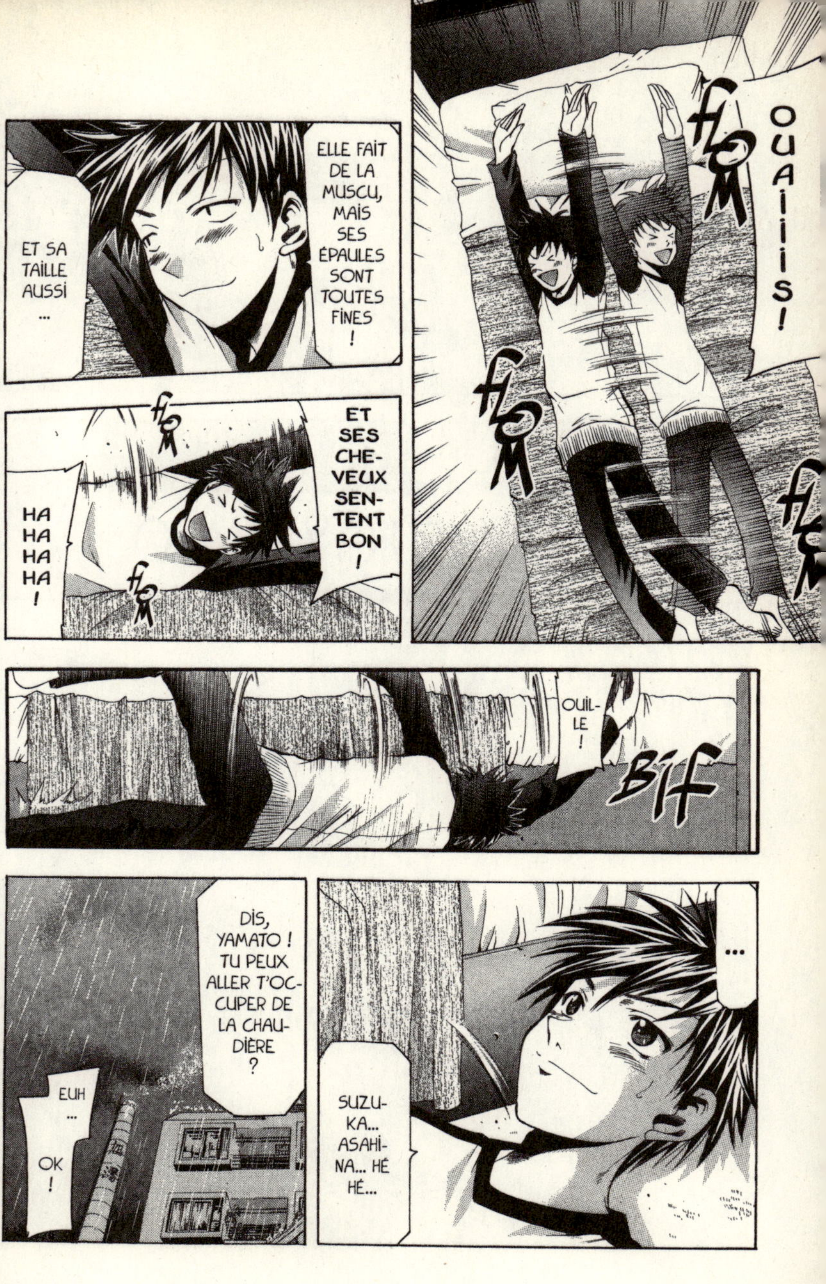
OUAIIIS !
FLOM
FLOM
FLOM
ELLE FAIT DE LA MUSCU, MAIS SES ÉPAULES SONT TOUTES FINES !
ET SA TAILLE AUSSI ...
ET SES CHEVEUX SENTENT BON !
HA HA HA HA !
FLOM
FLOM
OUIL-LE !
BIF
...
SUZU-KA... ASAHI-NA... HÉ HÉ...
DIS, YAMATO ! TU PEUX ALLER T'OC-CUPER DE LA CHAU-DIÈRE ?
EUH ... OK !

MAIS CE SERA NOTRE PETIT SECRET À TOUS LES DEUX...
ON A PARTAGÉ LE MÊME PARAPLUIE !
HELLO, YAMATO !
MIAW
YÛKA ?
TU AS L'AIR CONTENT !
IL T'EST ARRIVÉ QUELQUE CHOSE DE BIEN AU LYCÉE ?
HURK
QUOI ?!
POURQUOI TU DIS ÇA ?
PAS DU TOUT !
BAIN DAMES
MAIS ATTENDS !

...
QU'EST-CE QU'IL Y A, SAOTOMÉ ?
JE ME DEMANDAIS JUSTE POURQUOI YAMATO AVAIT CET AIR BÉAT ?
AH... J'AI RIEN REMARQUÉ... EN TOUT CAS, IL FAIT BIEN SON TRAVAIL !
KLOMP
DOUM
AH, AVEC CELLE-LÀ...
DOUM
PAS MOYEN DE RESTER TRANQUILLE !
IL EST HORS DE QUESTION QU'ELLE SOUPÇONNE QUOI QUE CE SOIT !
ÇA DOIT RESTER UN SECRET ENTRE SUZUKA ET MOI !

SUZUKA ! TU AS LES JAMBES SI FINES !
HEIN ?
AH OUI ...
ELLES SONT AUX BAINS ...
ÇA, C'EST LE SPORT ! ÇA TE SCULPTE UN CORPS ! PAS UN GRAMME DE GRAS EN TROP !
ÇA OUI !
Y A PAS QUE LE SPORT !
MOI NON PLUS, JE N'AI PAS DE GRAISSE !
TOI, C'EST NORMAL...
TU N'AS QUE LA PEAU SUR LES OS !
PLOUSH
HEIN ?! ESPÈCE DE... DE... DE... !
ATCHOUM !
TU AS ATTRAPÉ FROID ?

MAIS OUI, TU ES RENTRÉE TREMPÉE TOUT À L'HEURE !
ÇA VA ALLER ?
HEIN ?
HURK
FOUINEUSE ! MÉGUMI NE VA PAS S'Y METTRE ELLE AUSSI !
POURTANT, TU AVAIS UN PARAPLUIE, CE MATIN !
QU'EST-CE QUE TU EN AS FAIT ?
...
..
ELLE PEUT PAS LE DIRE !
ELLE VA TROUVER QUELQUE CHOSE, ELLE VA...

YAMATO N'AVAIT PAS DE PARAPLUIE ALORS ON EST RENTRÉS ENSEMBLE PARCE QUE...
!?
PARCE QUE ?!
PARCE QUE JE NE VOULAIS PAS QU'IL M'ACCUSE DE LE RENDRE MALADE ENCORE UNE FOIS...
MAIS IL Y AVAIT TELLEMENT DE VENT... LE PARAPLUIE S'EST ENVOLÉ...
OH, MAIS TU AURAIS DÛ TÉLÉPHONER ! JE SERAIS VENUE, MOI !
IL NE FAUT PAS QUE TU TOMBES MALADE, TOUT DE MÊME !
MAINTENANT, J'AI COMPRIS, COQUIN !
TU SORS DÉJÀ, SAOTOMÉ ?

CLAC
MH ?
TROP DOMMAGE, MON PETIT !
TU DOIS BIEN ÊTRE LE SEUL GARÇON QUI PENSE ENCORE QUE PARTAGER UN PARAPLUIE, C'EST LE BONHEUR ULTIME !
PFF !
TROP RINGARD ...
!
MAIS QU'EST-CE QUE TU FAIS, SAOTOME ?!
HEIN ? RIEN DU TOUT !
BLAM
RIEN DU TOUT !

MAIS SI TU SAVAIS COMME J'ADORE BRISER L'ESPOIR DES PETITS NAÏFS !
C'EST JOUISSIF !
DE QUOI TU PARLES ?
JE VAIS LA TUER !
EH BIEN, QUE FAIT YAMATO ?
D'HABITUDE, IL EST LE PREMIER À TABLE !
IL N'AVAIT PAS TROP L'AIR DANS SON ASSIETTE, MAMAN...
OH NON, IL N'A PAS À NOUVEAU ATTRAPÉ FROID, J'ESPÈRE !
ET LE MATCH REPREND !
IL EST RENTRÉ TREMPÉ, ET IL NE S'EST PAS RÉCHAUFFÉ EN PRENANT UN BAIN, ON DIRAIT...
MIHO, TU POURRAS ALLER LUI PORTER SON REPAS SUR UN PLATEAU ?
OUI ...
...

...
COMMENT QU'ELLE A TOUT DIT... TOUT...
J'Y COMPRENDS PLUS RIEN MOI...
JE ME SUIS FAIT MON FILM COMME UN... COMME UN... !
JE LE CROIS PAS ! JE LE CROIS PAS !
DZOM DZOM !
ZOM ZOM !
DZOM ZOM DZOM ZOM DZOM ZOM !
POUF
ET POURQUOI J'AI LES DENTS DE LA MER EN SONNERIE ?
DZOM ZOM !
DZOM ZOM !

QUOI ?!
HUK
EUH... C'EST MOI, TU VAS BIEN ?
QUI T'APPELLE, YASUNOBU ?
JE VAIS PAS BIEN DU TOUT ET NE CHANGE PLUS MA SONNERIE SANS ME LE DIRE !
OK, MAIS DIS-MOI PLUTÔT... ALORS !
AVEC SUZUKA, ÇA S'EST BIEN PASSÉ ? DIS-MOI QUE OUI !
VA MOURIR !
!
BIP
TUUT TUUT
D'ACCORD... NAUFRAGE TOTAL, DONC...
QUAND JE PENSE QUE TOUT ÇA, C'EST À CAUSE DE LUI !
DING DONG DING DONG
AH NON, PAS ENCORE LES HÔTESSES, C'EST PAS VRAI !

CLAC
ÇA TE FAIT MARRER, LE MALHEUR DES AUTRES ?
EUH...
PARDON ?!
SUZUKA...
QUOI, QU'EST-CE QUE TU VEUX ?
QUOI, QU'EST-CE QUE JE VEUX ?! JE T'APPORTE TON DÎNER ! MONSIEUR !

AH... EH BEN MERCI ...
À CAUSE D'ELLE, MOI, JE ME FAIS MON FILM, ET APRÈS JE ME MORFONDS... TROP DÉBILE !
ET ELLE, ÇA LUI FAIT RIEN !
MH ?
TAMAGOZAKE*...
ŒUFS DURS...
CETTE FOIS, J'AI TOUT BIEN RÉUSSI, ALORS, EUH... HEIN !
ENFIN JE CROIS !
C'EST TOI QUI AS CUISINÉ ?
JUSTE LE TAMAGOZAKE ET LES ŒUFS DURS...
POURQUOI ?
IL ME RESTAIT DES ŒUFS !
ET PUIS ...
ET PUIS ?

C'EST POUR TE DEMANDER DE NE RIEN DIRE AUX AUTRES !
CE QUI S'EST PASSÉ, JE VEUX QUE ÇA RESTE ENTRE NOUS !
HEIN ?!
MAIS... C'EST TOI QUI AS TOUT DÉBALLÉ À TOUT LE MONDE !
TU DÉLIRES !
HEIN ? MAIS CE N'EST PAS DE ÇA DONT JE PARLE !
ALORS DE QUOI TU PARLES, HEIN ?!
DE QUOI ? MAIS... MAIS...

TU ES VRAI-MENT TROP STUPIDE !
JE SUIS TOMBÉE DANS TES BRAS, TU L'AS OUBLIÉ ?!
QUE... ?!
BLAM
IDIOT !
...

MAIS OUAIS ! MAIS BIEN SÛR !
ÇA RESTERA ENTRE NOUS, OUAIS, ÇA, JE TE LE JURE !
HA HA HA... ELLE A RESSENTI LA MÊME CHOSE QUE MOI, ALORS !
ELLE N'AVAIT PAS BESOIN DE... ME PRÉPARER ÇA, POUR ...
ME LE DIRE !
COOL ! Y A PAS DE GRU-MEAUX !
AH, TOI AUSSI TU VOULAIS QUE ÇA RESTE NOTRE PETIT SECRET !
ÉVI-DEM-MENT QUE NON !
J'AI DEMANDÉ À AYANO DE ME MONTRER COMMENT FAIRE...

HA HA ! ELLE ESSAIE DE FAIRE DES PROGRÈS EN CUISINE RIEN QUE POUR MOI !
JE SUIS... JE SUIS VRAIMENT TROP HEUREUX !
AH ! LES ŒUFS DURS ! SI ELLE A RÉUSSI LE TAMAGO-ZAKE...
CRAP CRAP
J'AI RÉUSSI LES ŒUFS AUSSI ... !
CETTE FOIS, JE M'Y SUIS PRISE COMME IL FAUT, HEIN...
HUAAAARGH !
MENU SUZUKA #2 : ENTRÉE : TAMAGOZAKE FAÇON AYANO PLAT : ŒUFS EXPLOSIFS

LE THÉÂTRE DE QUATRE CASES DE SUZUKA...

NUMÉRO 7
COMMENT ÊTRE DIRECT

旭湯
KLON KLON KLON
MRR
EH ! ATTENTION, JE NE T'AVAIS PAS VU, GORO !
TU PARS DÉJÀ ?
ON POURRAIT...
DÉSOLÉE, Y A ENTRAÎNEMENT, CE MATIN !
MIAW
AH BON ...

涼風
SUZUKA
#8 INATTENDU

LES CELLULES DONT NOUS SOMMES COMPOSÉS...
EH, C'EST PAR ICI QUE ÇA SE PASSE !
POC POC
JE DISAIS DONC QUE LES CELLULES SONT LA BASE DU VIVANT, AUTREMENT DIT...
EH OH ! JE TE PARLE !
ET VOILÀ...
TOUS LES MATINS, C'EST ENTRAÎNEMENT, MAINTENANT...
SI ÇA SE TROUVE, ELLE CHERCHE À M'ÉVITER...
POURTANT...
ÇA VOULAIT DIRE QUELQUE CHOSE, NON !
ON FAIT PAS ÇA À QUELQU'UN QU'ON N'AIME PAS !
ET MOI QUI AI PROMIS DE GARDER LE SECRET...
AKITSUKI ! C'EST À TOI QUE JE PARLE !
EUH OUI, M'SIEUR !

J'Y COMPRENDS PLUS RIEN !
DONG
ENFIN BREF, FAUT QUE TU COMPRENNES !
TU COURS VITE ET ÇA FAIT CRAQUER SUZUKA !
...
IL NE PEUT PAS AVOIR RAISON...
ON NE TOMBE PAS AMOUREUX DE QUELQU'UN PARCE QU'IL COURT VITE, C'EST DÉBILE !
SI ÇA SE TROUVE, LE PROF S'EST TROMPÉ, C'EST TOUT ! JE NE COURS PAS AUSSI VITE, TOUTE FAÇON...
À MOINS QUE JE SOIS VRAIMENT...
MH ?
SUZUKA !
TU ...
QUOI, AUJOURD'HUI ?
AVEC QUI ELLE DISCUTE ?

S'IL TE PLAÎT...
ÇA PEUT ÊTRE APRÈS TON ENTRAÎNEMENT, HEIN ! ALLEZ !
OUI MAIS ...
IL LA DRAGUE ?!
COMMENT IL Y VA, CET ENFOIRÉ À LUNETTES !
SUZUKA A HORREUR DES TYPES DANS TON GENRE !
FOUS-LUI LA PAIX !
ON IRA ENSEMBLE, D'ACCORD ? HEIN !
...
NON !
DIS NON ! PÈTE-LUI SES LUNETTES !

BON, TRÈS BIEN...
...
C'EST VRAI ? TU VEUX BIEN ?
...
OUI !
COOL ! J'AI EU RAISON DE TE DEMANDER ! JE T'ATTENDRAI, CE SOIR !
OK ...
NON...
NON !
NOON !
BLAFF
C'EST PAS POSSIBLE ! JE LE CROIS PAS !
ON LA DRAGUE UN PEU, ET HOP, ELLE DIT OUI !
BIM
ET MOI, ELLE M'ENVOIE PAÎTRE !
YO ! TOUJOURS EN ROGNE, TOI !
OH ÇA VA !

HATTORI ! JE SAIS QUE T'AS RIEN À FAIRE ! SI ON ALLAIT AU KARAOKÉ* !
HEIN ?
J'AI... J'AI ENVIE DE ME CASSER LA VOIX, UN PEU !
EH ! J'Y VAIS PAS AVEC UN MEC, MOI...
ALLEZ, ARRÊTE, QUOI !
...
PFFF, C'EST PAS VRAI, ÇA...
EUH, SAKURAÏ ! YAMATO DIT QU'IL VEUT QU'ON AILLE AU KARAOKÉ TOUS LES TROIS !
HEIN ?
QUOI ?! MAIS NON, MOI C'EST, C'EST AVEC TOI QUE...
...
JE VEUX Y ALLER ...
...
PLUS ON EST DE FOUS, PLUS ON RIT !
TSSS !
SI HONOKA EST LÀ, JE NE POURRAI PAS ME LÂCHER...

ZIM BOUM
ZIM BOUM
CARP* ! CARP ! HIRO-SHIIIMA CAARP !
HIROSHII ! II ! II ! IIIMA CAAARP !
PLUS HAUT QUE LE CIEL ! TU LANCEUH TON APPEL ! LA VICTOIRE EST À TOI !
...
IL SE DONNE À FOND, LÀ...
CETTE AMBIAN-CE !
PARAPAPAH
CETTE ANNÉE, LA VIC-TOIRE NOUS REVIEEE-ENT !
BRAVO ! TU CHAN-TES BIEN, YAMATO !
CLAP CLAP
C'EST N'IM-PORTE QUOI !
HA HA HA ! CE QUE ÇA FAIT DU BIEN DE S'ÉCLATER TOUS LES TROIS !
HI HI HI ! OUI !
JE SUIS ...
JE SUIS DRÔLEMENT CONTENTE QU'ON SOIT ENSEMBLE...

HURK!
ENSEMBLE ?
ON IRA ENSEMBLE, D'ACCORD ? HEIN !
BEUH
...
EUH, YAMATO ?!
J'AI DIT QUELQUE CHOSE QU'IL FALLAIT PAS ?
NON, RIEN...
C'EST RIEN, LAISSE TOMBER...
C'EST MON...
MH ? TON QUOI ?
...

IL BOIT DANS MON VERRE !
CE QUE MES LÈVRES ONT ...
SAKURAÏ ! QU'EST-CE QUE JE POURRAIS CHANTER ?
なんこつ ラーメン
CE QUE TU VEUX !
...
TU POURRAIS UN PEU T'INTÉRESSER À MOI, HEIN ?
YAMATO, TU N'AS PAS SOIF ?
HEIN ?
EUH UN PEU ...
HATTORI, TU POURRAIS ALLER NOUS CHERCHER À BOIRE POUR TOUS LES DEUX ?
HURK
TOUS LES DEUX ...
ILS SONT AU CINÉMA TOUS LES DEUX ?
ILS FONT DU SHOPPING TOUS LES DEUX ?

Ā...
Ā MOINS QUE...
NAAAAAN !
HI
CHANSON 410 ...
BIP
PRAK
JE DOIS RENTRER !
MINUTE !
SHROF
AÏE OUILLE !
HEIN ?! HEIN ?! BEN, MOI AUSSI JE DOIS EUH...
JE CHANTE ! TU POURRAIS ÉCOUTER...
C'EST DÉPRIMANT DE CHANTER TOUT SEUL !
なんこつ ラーメン
MM MH...
ET LA TRISTEEEESSEUH M'ENVAHIT CHAQUE FOAAAA ...
BEN POUR MOI, C'EST DÉPRIMANT QU'IL NE RESTE PAS ...
SSSSS
AH !

J'AI BU DANS LE VERRE DE YAMATO...
BON, TU M'ÉCOUTES, OUI OU NON ?
ELLE DOIT ÊTRE RENTRÉE, LÀ... HEIN ?
BAH, MÊME SI C'ÉTAIT LE CAS...
JE VEUX MÊME PAS LUI DEMANDER CE QU'ELLE FAISAIT...
UN CHAT !
IL EST TOUT MIGNON !

MAW
MH ?
MAW
GO-RO ?
QUOI ... C'EST TA COPINE ?
MAW
NON MAIS ... TU ES FIER DE TOI, HEIN ?
JE VAIS T'APPRENDRE !
MAW
FLAP
MAW
FLAP
ATTENDS !
MAIS NON, QU'EST-CE QUE TU RACONTES ?
MH ?
MAIS ?!

SUZU-KA...
AVEC L'ENFOIRÉ À LUNETTES !
MARRE-TOI ! COMM-ENT T'AS PU OSER VENIR JUS-QU'ICI, HEIN ?!
ET SUZUKA QUI A L'AIR D'AP-PRÉCIER !
HA HA HA HA !
C'EST COM-ME SI...
COMME S'ILS SE CON-NAIS-SAIENT DÉJÀ !

AÏEEE !
GRIF GRIF GRIF
YAMATO !
MH ?
OUAIS, C'EST MOI, YO !
AH ! C'EST TOI, AKITSUKI !
SUZUKA M'A PARLÉ DE TOI...
C'EST QUOI SON PROBLÈME, À LUI ?
C'EST TROP LA HONTE, J'AURAIS PAS DÛ REVENIR...

JE SUIS SÔICHI MIYAMOTO, EN PREMIÈRE, DU CLUB D'ATHLÉTISME...
JE SUIS VENU TE VOIR...
...
ME VOIR ?
QUAND J'AI DIT QUE JE TE CONNAISSAIS...
HEIN, MAIS ...
ATTENDEZ, JE...
IL M'A DEMANDÉ DE M'ACCOMPAGNER...
COMME ON NE SE CONNAÎT PAS, J'AI PENSÉ ...
QUE SUZUKA POURRAIT NOUS PRÉSENTER !
...
VU QU'ELLE ET MOI, ON ÉTAIT DANS LE MÊME COLLÈGE...

AH BOOON ! AH BOOON ! AH BEN... AH BOOON !
ET MOI QUI CROYAIS QUE...
AH BEN BONJOUR ! ENCHANTÉ ! TRÈS HEUREUX !
VOUDRAIS-TU NOUS REJOINDRE AU...
NON, JE VEUX PAS !
...
EUH... MAIS...
TU AS FAIT UN TEMPS CANON ! TU AS...
PAS DU TOUT !
LE PROF S'EST TROMPÉ AVEC SON CHRONO, C'EST TOUT !
...
BON, C'EST UN ÉCHEC...
MAIS JE REVIENDRAI...
SENPAI* ...

MAIS MAINTENANT QUE JE L'AI VU, JE SUIS SÛR QUE...
C'EST TOUT À FAIT TON GENRE, SUZUKA...
HEIN ?!
PARDON ?!
QU'EST-CE QUE TU RACONTES, SENPAI ?!
BOUH !
HA HA HA ! BON, AU REVOIR, JE REVIENDRAI TE VOIR, AKITSUKI !
旭湯
AH BON, C'EST VRAI, JE SUIS TON GENRE ?
!

CERTAI-NEMENT PAS !
BRAAAG
AOUGH !
JE ...
JE LE SAVAIS ...
ELLE EST VRAIMENT AMOUREUSE DE MOI... ENFIN... SÛREMENT !
PLAF
EUH... EXCUSE-MOI, ÇA VA YAMATO ?
LE COIN DU CARTABLE... AÏE !
EUH, NOUS ALLONS FERMER...
CLAC
OUI LA TRIS-TEEEES-SEUH M'ENVAHIT CHAQUE FOAAAA...

LE THÉÂTRE DE QUATRE CASES DE SUZUKA...

NUMÉRO 8
RAISON

涼風
SUZUKA
#9 CONSCIENCE

HEEIN ?!
GNIOM
GNIOM
GNIOM
TU VEUX QUE JE TE DISE CE QUI POUSSE UNE FILLE À TOMBER D'ANS LES BRAS D'UN MEC ?
EUH OUI...
TOI QUI T'Y CONNAIS...
TU DOIS SAVOIR, NON ?
TOI AUSSI, TU DEVRAIS SAVOIR. SUZUKA ELLE EST BIEN...
HEIN ?! MAIS PAS DU TOUT !
JE NE DISAIS PAS ÇA POUR ELLE !
¥590
BEN Y A PAS À SE CAS-SER LA TÊTE...
C'EST QUE LA FILLE A CRAQUÉ GRAVE POUR LE MEC, POINT BARRE...
...
AH...

AH ! AH BAH OUI ! OUI, HEIN, FORCÉMENT !
TU VEUX DE LA SAUCISSE DE FRANCFORT ?
IL EST RINGARD, DES FOIS...
SLUURP
MAIS ...
MOI, JE NE COMPRENDS RIEN AUX NANAS...
ELLES T'ENGUEULENT, PUIS ELLES T'IGNORENT...
BAH, COMME SI ON POUVAIT COMPRENDRE LES AUTRES !
HEIN ?
MAIS ON S'EN FOUT DE ÇA !
L'IMPORTANT, C'EST CE QUE TOI...
TU PENSES DE SUZUKA !
MOI ?!
MAIS C'EST PAS LA QUESTION, ET PUIS J'EN PENSE RIEN D'ELLE ! ARRÊTE, T'ES CON OU QUOI ?
AH BON !
JE PARLAIS PAS DE MOI, D'ABORD !
C'EST TOI QUI ES CON ...
VOUS N'AVEZ MÊME PAS ATTEINT ...

LA LIGNE DE DÉPART D'UNE HISTOIRE D'AMOUR !
SSHH
IL N'ARRÊTE PAS DE PLEUVOIR.
TU VEUX UN THÉ, SUZUKA ?
MERCI, C'EST GENTIL ...
C'EST PAS NORMAL POUR LA SAISON !
KLAT KLAT
MIAW
...
C'EST QUE LA FILLE A CRAQUÉ GRAVE POUR LE MEC..
OUAIS, C'EST VRAI ...
C'EST SÛREMENT VRAI ...
MERCI, C'ÉTAIT VRAIMENT TRÈS BON !
MAIS DE RIEN ! BONNE SOIRÉE !
EUH ?

BIEN ! RANGEONS, MAINTENANT !
...
AH LÀ LÀ... C'EST HYPER DÉCOURAGEANT...
301
AKITSUKI YAMATO
ELLE M'IGNORE COMME C'EST PAS POSSIBLE...
JE VEUX BIEN CROIRE YASUNOBU MAIS...
ÇA NE ME DIT PAS DU TOUT CE QU'ELLE PENSE VRAIMENT DE MOI, SUZUKA...
ALORS OUAIS, ON PEUT PAS COMPRENDRE LES AUTRES, HEIN...
SI LUI, IL PEUT PAS, JE VOIS PAS COMMENT MOI, JE POURRAIS, C'EST...
FUP
MH ?!
LES PLOMBS ONT SAUTÉ OU QUOI ?
BRAK
!?

J'AI HORREUR DE ÇA, ON N'Y VOIT PLUS RIEN !
SUZUKA ?! QU'EST-CE QUE TU... ?
JE SUIS VENUE T'EMPRUNTER UN BRIQUET, OU DES ALLUMETTES !
TU AS BIEN ÇA, NON, YAMATO ?
EUH, OUI OUI, J'AI ÇA, OUI...
MAIS T'ES ENTRÉE EN FAISANT UN TEL BAZAR !
ÇA VA, JE SUIS TOMBÉE ! POURQUOI TOUT S'EST ÉTEINT ?
CE DOIT ÊTRE LES PLOMBS QUI ONT SAUTÉ...
MAIS FAIS QUELQUE CHOSE !
...
QUOI, T'AS PEUR DU NOIR ?
!
MAIS NON, QU'EST-CE QUE TU CROIS !

JE NE PEUX PAS REGARDER LA TÉLÉ !
NI FAIRE MES DEVOIRS !
BEN COUCHE-TOI ALORS !
NON !
JE N'AI PAS FINI MES DEVOIRS, MOI !
ET SI JE NE LES FAIS PAS...
LES PROFS VONT ENCORE M'ENGUEULER !
OUAIS BON... ENFIN, T'ES SÛRE QU'ON AVAIT DES DEVOIRS, AU FAIT ?
...
BON, ALORS ? TU N'AS PAS UNE BOUGIE, PAR HASARD ?
SI, SI, J'AI ÇA, UN PAQUET DE DIX BOUGIES...
DIX ? ÇA DOIT BIEN ÉCLAIRER !
ÇA VA FAIRE COMME À NOËL !
D'ACCORD !
JE VAIS TOUTES LES ALLUMER !

EUH ... C'EST LUGUBRE, HEIN ?
ÉTEINS !
ÉTEINS TOUT DE SUITE !
ÇA FAIT PAS NOËL DU TOUT ! C'EST... SINISTRE COMME AMBIANCE !
C'EST TOI QUI AS DIT QUE ÇA FERAIT NOËL, PAS MOI !
fwof
AU MOINS ...
AVEC LA MIENNE, ÇA VA MIEUX !
BEN QUOI ? UNE BOUGIE EST UNE BOUGIE !
NON, MONSIEUR !
LA MIENNE, C'EST UNE BOUGIE AROMATIQUE ! ELLE SENT BON QUAND ON L'ALLUME !

AH ? LES FILLES AIMENT CE GENRE DE CHOSES ?
MOI, C'EST PAS MON TRUC...
MH ?
SHUF
QUEL VENT !
...
MH ?
OUAIS, JE LE VOIS BIEN...
ABSOLU-MENT PAS...
T'AS TROP PEUR, TU TE RAP-PRO-CHES !
JE N'AI PAS BOUGÉ !

AH BON ?
BLING BLONG
?
TRBL
SCHROF
TRBL
T'IN-QUIÈ-TE PAS...
C'EST SÛRE-MENT UN PANNEAU QUI EST TOMBÉ !
JE SAIS !
JE... J'AI ÉTÉ SUR-PRISE, C'EST TOUT !

AH ...
NE TE FAIS PAS D'IDÉES, HEIN, YAMATO !
ELLE GARDE LA MAIN CRISPÉE SUR MOI !
ÇA ALORS... ELLE QUI EST SI FROIDE, SI IMPASSIBLE...
VOILÀ QU'ELLE EST COMME UNE PETITE FILLE !
DEPUIS QU'ELLE EST TOUTE PETITE...
HEIN ?
MA... MA GRANDE SŒUR ...
LA TEMPÊTE, LE NOIR... ELLE NE SUPPORTE PAS...

ALORS MOI...
JE RESTAIS TOUJOURS AVEC ELLE DANS CES MOMENTS...
TU ...
TU AS UNE GRANDE SŒUR...
OUI, ELLE A UN AN DE PLUS QUE MOI... QUAND JE NE SUIS PAS LÀ, ELLE EST PERDUE...
JE DOIS M'OCCUPER DE TOUT AVEC ELLE !
LA DERNIÈRE FOIS, ELLE NE RETROUVAIT PLUS SON SHAMPOOING QU'ELLE AVAIT ELLE-MÊME RANGÉ...
ET ELLE M'A ACCUSÉE DE LUI AVOIR PRIS !
EH BEN...
Oui !
C'EST UN PEU TOUT LE CONTRAIRE DE SUZUKA QUOI !
...

FINALEMENT, TU SAIS OÙ ON L'A RETROUVÉ ?
DIS, TU M'ÉCOUTES ?
OUI ...
BIEN SÛR !
ÇA ALORS ...
LE SHAMPOOING ÉTAIT DANS LE PLACARD DE LA CUISINE, À CÔTÉ DE L'HUILE !
C'EST VRAIMENT LA PREMIÈRE FOIS QU'ELLE ME PARLE D'ELLE !
ELLE ALLUME DES BOUGIES QUI SENTENT BON...
ELLE A UNE SŒUR AÎNÉE...
QUI A PEUR DU NOIR ET DE LA TEMPÊTE...

JE ME FAISAIS MON FILM TOUT SEUL...
ALORS QUE JE SAVAIS RIEN D'ELLE...
JE NE VOULAIS QUE SAVOIR CE QU'ELLE PENSAIT DE MOI...
ET JE M'EMMÊLAIS LES PINCEAUX !
WOOOF
BLADRANG
WAOW, CE VENT !
FROP
HEIN ?

S...
SUZUKA !
MES JAMBES !
J'AI DES FOURMIS DANS... LES JAMBES !

TOUT VA BIEN, SUZUKA, C'EST LE VENT !
TU AS VRAIMENT PEUR D'UN RIEN, TOI...
MAIS PAS DU TOUT ! CE N'EST PAS ÇA DU TOUT !
ET PUIS D'ABORD ...
TO DOM TO DOM
TON CŒUR BAT DRÔLEMENT VITE !
HEIN ?!
QUOI ?!
COMMENT ÇA ?
L'IMPORTANT, C'EST...
QU'EST-CE QUE TU PENSES, TOI, DE SUZUKA !
NON ! CE N'EST PAS CE QUE...
BEN, C'EST QUE ...
TO DOM TO DOM
...
TO DOM
BEN C'EST QUE...

FAAH
EUH ...
ZUT !
LA LUMIÈRE EST REVENUE...
EUH... OUF ! ÇA N'A PAS ÉTÉ TROP LONG !
BRAAF
BON BEN, J'Y VAIS... DÉSOLÉE DE T'AVOIR DÉRANGÉ !
TIP TOP TIP
EUH... DIS ?
EUH, OUI, C'EST VRAI ...
QUOI ?
EUH... BEN...
EUH...
L'AMOUR, ÇA TE TOMBE DESSUS, HEIN ...

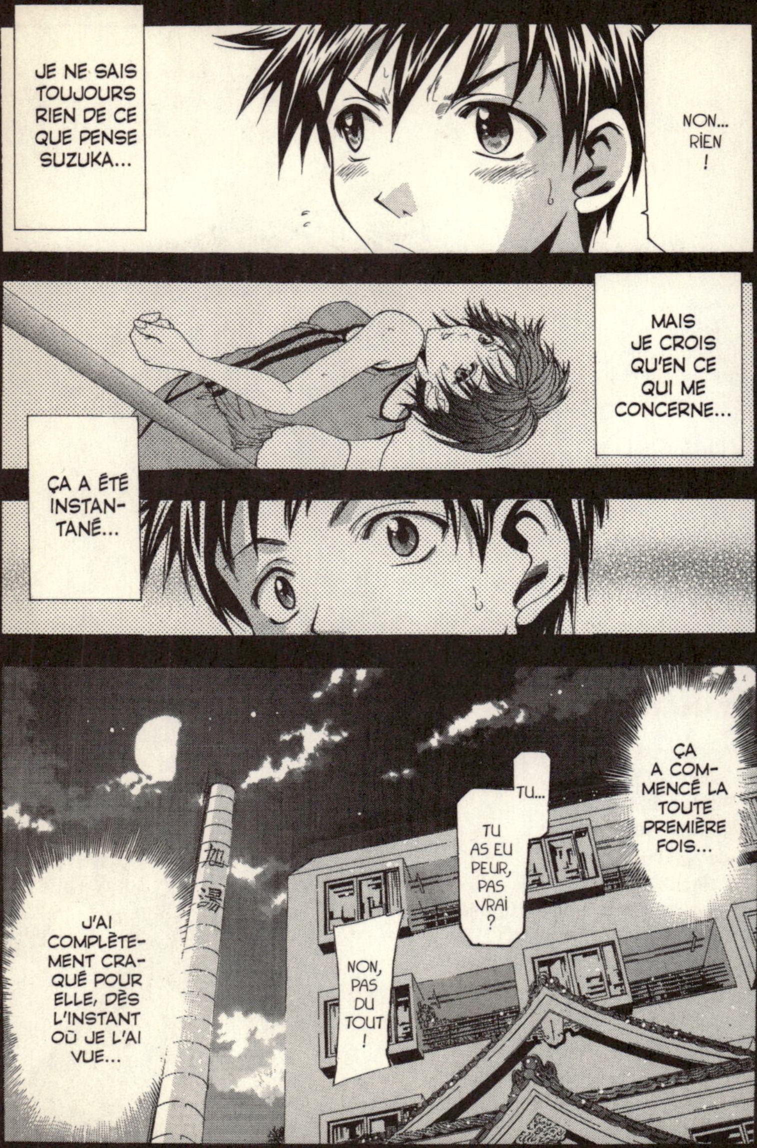
NON... RIEN !
JE NE SAIS TOUJOURS RIEN DE CE QUE PENSE SUZUKA...
MAIS JE CROIS QU'EN CE QUI ME CONCERNE...
ÇA A ÉTÉ INSTANTANÉ...
ÇA A COMMENCÉ LA TOUTE PREMIÈRE FOIS...
TU...
TU AS EU PEUR, PAS VRAI ?
NON, PAS DU TOUT !
J'AI COMPLÈTEMENT CRAQUÉ POUR ELLE, DÈS L'INSTANT OÙ JE L'AI VUE...

PRÉSENTATION DES PERSONNAGES - N° 1

YAMATO AKITSUKI (SECONDE)

Anniversaire : 30 juillet (lion)
Taille : 176 cm
Poids : 60 kg
Groupe sanguin* : O

Ce qu'il aime :
- Hiroshima Carp.
- Les croquettes au nikujyaga
(à déguster au temple).
- Suzuka (quand elle est gentille).

Ce qu'il n'aime pas :
- L'effort.
- Les poireaux.
- Suzuka (quand elle est fâchée).

Sa maxime : Tout vient à point à qui sait attendre.

DÉJÀ UN MOIS QUE JE SUIS ARRIVÉ À LA CAPITALE…
UN MOIS DEPUIS QUE J'AI VU CETTE SI JOLIE FILLE…
EN PLUS, ON EST DANS LA MÊME CLASSE ET ON HABITE LE MÊME IMMEUBLE…
ET SON STUDIO EST JUSTE À CÔTÉ DU MIEN…
HUAAAH !
TSUKI YAMATO
AH ! SALUT !
…
MAIS DÈS QU'ELLE ME VOIT, ELLE N'A QUE DES REPROCHES À ME FAIRE…
TU BAVES QUAND TU BAILLES ?
ON SE DÉPÊCHE, ON NE VA PAS FAIRE ATTENDRE MADAME AYANO !
OUAIS, OUAIS…
POURTANT, JE SAIS UNE CHOSE…

#10 MALADIE D'AMOUR

MAMAN, JE VOUDRAIS DU THÉ !
OUI, UN INSTANT, S'IL TE PLAÎT.
EN TOUT CAS, CE QUI EST SÛR...
C'EST QU'ELLE EST VRAIMENT TROP MIGNONNE...
YAMATO, TU VEUX REPRENDRE DU RIZ ?
HEIN ?
EUH OUI, S'IL TE PLAÎT !

REGARDE-TOI...
TU T'ES MIS DES GRAINS DE RIZ PARTOUT...
QUOI ?
BOM
AH BON ?
EH ! DE QUOI JE ME MÊLE ? J'AI FAIM, JE MANGE !
?
BON, J'Y VAIS MOI, BONNE JOURNÉE !
ET TON BOL DE RIZ ?
...

ファッション
MAIS QU'EST-CE QUE JE DOIS FAIRE ?!
MAINTE-NANT QUE J'AI RÉALISÉ QUE J'AIME CETTE NANA...
Y A RIEN À FAIRE, JE NE PEUX PLUS LUI PARLER NORMALEMENT...
ET ME VOILÀ AU CONVINI* POUR TROUVER DE QUOI FINIR MON P'TIT DÉJ' !
TOP TIP TIP TIP
MH ?
DÉJÀ QUE JE N'AI PAS TROP DE THUNES...
手づくり
HAPPY MANUAL
Cecil
LES AMOURS AU PRINTEMPS
LES 12 SIGNES DU ZODIAQUE
ENCYCLOPÉDIE DES DIVINATIONS
VOTRE AVENIR RÉVÉLÉ PAR VOTRE ASTROLOGUE
LA BONNE ÉTOILE DES STARS
APPRENEZ À DEVENIR CHANCEUX
CONSEILS BEAUTÉ POUR LE PRINTEMPS
MOU-AIS, PFF...
JE VAIS PAS LAISSER CE GENRE DE CONNERIES DÉCIDER DE MA VIE, QUAND MÊME !

QUOI ?
LE SIGNE LE PLUS CHANCEUX CE MOIS-CI : LION ?!
MAIS C'EST MOI ÇA, JE SUIS DU 30 JUILLET !
HAPPY
VOUS ALLEZ ENTRER DANS L'INTIMITÉ D'UNE PERSONNE ADORABLE QUI VA CHANGER VOTRE VIE...
NON ?!
PORTEZ UNE PETITE CULOTTE BLEUE CLAIRE POUR AUGMENTER VOS CHANCES DE SUCCÈS...
J'AI UN PEU DE BLEU SUR MON CALEÇON, ÇA DEVRAIT LE FAIRE...
DÉCLAREZ VOTRE FLAMME ...
AMOUR
SANTÉ
LION
VIERGE
ET VOUS SEREZ COMBLÉ ?!
...
DÉCLAREZ VOTRE... ?!
HAPPY
HA HA HA
'TAIN, TU DÉCONNES !
BLAF
ARRÊTE !
SALUT, JE T'AIME... NON, JE PEUX PAS DIRE ÇA !
CES MAGAZINES SONT À VENDRE !
EUH OUI, S'CUSEZ-MOI ...

DING
DONG
DU YAKI-SOBA*, POUR MOI !
OK !
NIKU UDON* POUR MOI...
DÉCLARATION D'AMOUR ?!
ALORS, ÇA Y EST ? TU T'ES DÉCIDÉ À DIRE À SUZUKA QUE TU L'AIMES ?
QUOI ?! MAIS JE TE PARLE PAS DE MOI !
MOI...
OUAIS, BEN, SI L'OCCASION SE PRÉSENTE, JE DIS : ON SORT ENSEMBLE ?
FAUT DIRE LES CHOSES, SINON, LES SENTIMENTS, ÇA PASSE PAS !
JE TE DEMANDE SI TOI, TU FAIS ÇA, QUAND T'ES AVEC UNE NANA !
OUAIS, C'EST SÛR...
JE VAIS DEVOIR LE DIRE, ALORS ...

MAIS EUH... AVOIR UNE COPINE, TU VOIS, C'EST QUOI ? JE VEUX DIRE...
JE NE ME RENDS PAS TROP COMPTE DE CE QUE ÇA IMPLIQUE !
BEN ÇA, ÇA DÉPEND DES GENS...
...
MAIS EN GROS, J'SAIS PAS, ON FAIT DES COURSES ENSEMBLE, ON BOUFFE ENSEMBLE ...
ON FAIT DES COURSES ENSEM-BLE...
ON BOUFFE ENSEM-BLE...
C'EST N'IMPOR-TE QUOI ! ON LE FAIT DÉJÀ !
TU TE PRENDS TROP LA TÊTE, TOI...

SALUT !
JE PEUX ME METTRE AVEC VOUS ?
MH ? MAIS OUI, VIENS !
MHHHH ...
TU AS PRIS DES UDON, YAMATO !
RAK
MOI AUSSI, J'ADORE ÇA !
MH ? EUH OUI ...
QU'EST-CE QUE TU AS ?
fup fup
TU AS L'AIR SOUCIEUX, ON DIRAIT...

TU FAIS COMMENT, HONOKA ? QUAND T'ES AMOUREUSE DE QUELQU'UN QUI LE SAIT PAS, TU LUI DIS OU PAS ?
HEIN ?!
SI...
JE...
LUI DIS ?
ET SORTIR AVEC QUELQU'UN, ÇA VEUT DIRE QUOI ?
ZURP
MOI, J'ARRIVE PAS À IMAGINER...
SORTIR ?!
!
EUH, HONOKA... HONOKA ?
fap fap fap fap
BEN... BEN, MOI NON PLUS, JE NE SAIS PAS BIEN...
JE, J'AI JAMAIS EU... DE... PETIT AMI, ALORS...

AH BON ...
DÉSOLÉ DE T'EMBÊTER !
PRAK
YAMATO ...
ÇA, C'EST LES UDON DE L'ENFER ...
!?
KOF
KOF
TU VEUX DE L'EAU ?
C'EST TOI QUI AS MIS DU PIMENT DANS MES UDON, HATTORI ?!
NON, C'EST PAS MOI, HONOKA...

WAAH
WAAH
BRAFF

TU AS ENCORE DE LA MARGE, SUZUKA !
OUI !
OUAIS... C'EST VRAIMENT LÀ QU'ELLE EST ELLE-MÊME !
FAUT PAS QU'ELLE ME VOIE !
FRASH
FRISH
YAMATO ?
FRASH

FAIRE DES COURSES ENSEMBLE… MANGER ENSEMBLE…
ET SI JE LUI DIS QUE JE L'AIME ET QUE JE ME PRENDS UN RATEAU…
MÊME CES CHOSES-LÀ, JE NE POURRAI PLUS LES FAIRE AVEC ELLE…
ELLE NE ME DÉTESTE PAS, C'EST DÉJÀ ÇA…
J'AI PAS DE CERTITUDES MAIS…
MAIS OUI… SI JE LUI DIS…
PEUT-ÊTRE QU'ELLE VOUDRA BIEN SORTIR AVEC MOI !
QU'EST-CE QUE JE FERAI, ALORS ?! HEIN ?!
OH ÇA CRAINT, FAUT QUE J'EN TOUCHE UN MOT À YASUNOBU !
12
SEIKO

FAUT DIRE LES CHOSES, SINON, LES SENTIMENTS, ÇA PASSE PAS !
OUI, MÊME SI ELLE A DES SENTIMENTS POUR MOI...
ET QUE MOI, J'AI DES SENTIMENTS POUR ELLE, C'EST SÛR QUE SI ON SE TAIT...
OUAIS, IL A RAISON !
IL FAUT DIRE LES CHOSES !
JE VAIS LUI DIRE ...
JE VAIS LUI DIRE QUE JE SUIS AMOUREUX...
YAMATO !
HURK
HEIN ?

JE T'AI RAT-TRAPÉ !
SUZU-KA !
MAIS ?! ET TON ENTRAÎ-NEMENT ?!
C'EST FINI...
ON A TERMINÉ PLUS TÔT, ALORS, JE ME SUIS DIT QUE TU POURRAIS M'AIDER À FAIRE MES COURSES !
AH BON ?
...

SI JE ME PRENDS UN RATEAU... MÊME CES CHOSES-LÀ, JE NE POURRAI PLUS LES FAIRE...
JE FERAIS MIEUX DE NE RIEN DIRE...
...
YA-MA-TO !
IL Y A QUELQUE CHOSE QUE TU VEUX ME DIRE ?
EH BIEN... EUH...
EN FAIT...
JE SUIS ...
AMOUR
SANTÉ
LION
JE SUIS FOU AMOUREUX DE TOI...
COM-MENT ?!

TU ME DEMANDES TOUJOURS DE T'AIDER !
TU ME PAIES UN RESTAU UN DE CES QUATRE, EN ÉCHANGE !
...
QUOI ?
ET POURQUOI ÇA, D'ABORD ?
NON !
NON ? T'ES TROP RADINE !
ET PUIS T'ARRÊTES PAS DE ME CRITIQUER !
BON D'ACCORD ! MAIS TU PORTERAS TOUT !
HEIN ?
TU PEUX BIEN ME FAIRE ÇA...
PUISQUE JE T'INVITE !

COMMENT JE POURRAIS LUI DIRE EN FACE QUE J'AI CRAQUÉ POUR ELLE, HEIN ?
BON, OK...
ET PUIS JE SUIS TRÈS HEUREUX COMME ÇA DE TOUTE FAÇON !
PAS UN FAST FOOD, HEIN !
ÇA SERA SELON MES MOYENS, MONSIEUR !
MAIS EST-CE QUE J'AI VRAIMENT RAISON DE ME CONTENTER DE ÇA...
SUNDAY
COFFEE
TOUT DEVIENT FLOU...
PLUS JE ME DIS QUE JE L'AIME, ET PLUS TOUT S'EFFACE...

PRÉSENTATION DES PERSONNAGES - N° 2

SUZUKA ASAHINA (SECONDE)

Anniversaire : 1er juin (gémeaux)
Taille : 164 cm
Poids : ? kg
Groupe sanguin : B
Mensurations : 80-58-83

Ce qu'elle aime :
- L'athlétisme (saut en hauteur).
- L'effort.
- Le shopping (peluches, produits aromatiques).

Ce qu'elle n'aime pas :
- Le manque d'organisation.
- Le noir, les fantômes, les insectes.
- Les aliments gras.

Sa maxime : Toujours plus haut.

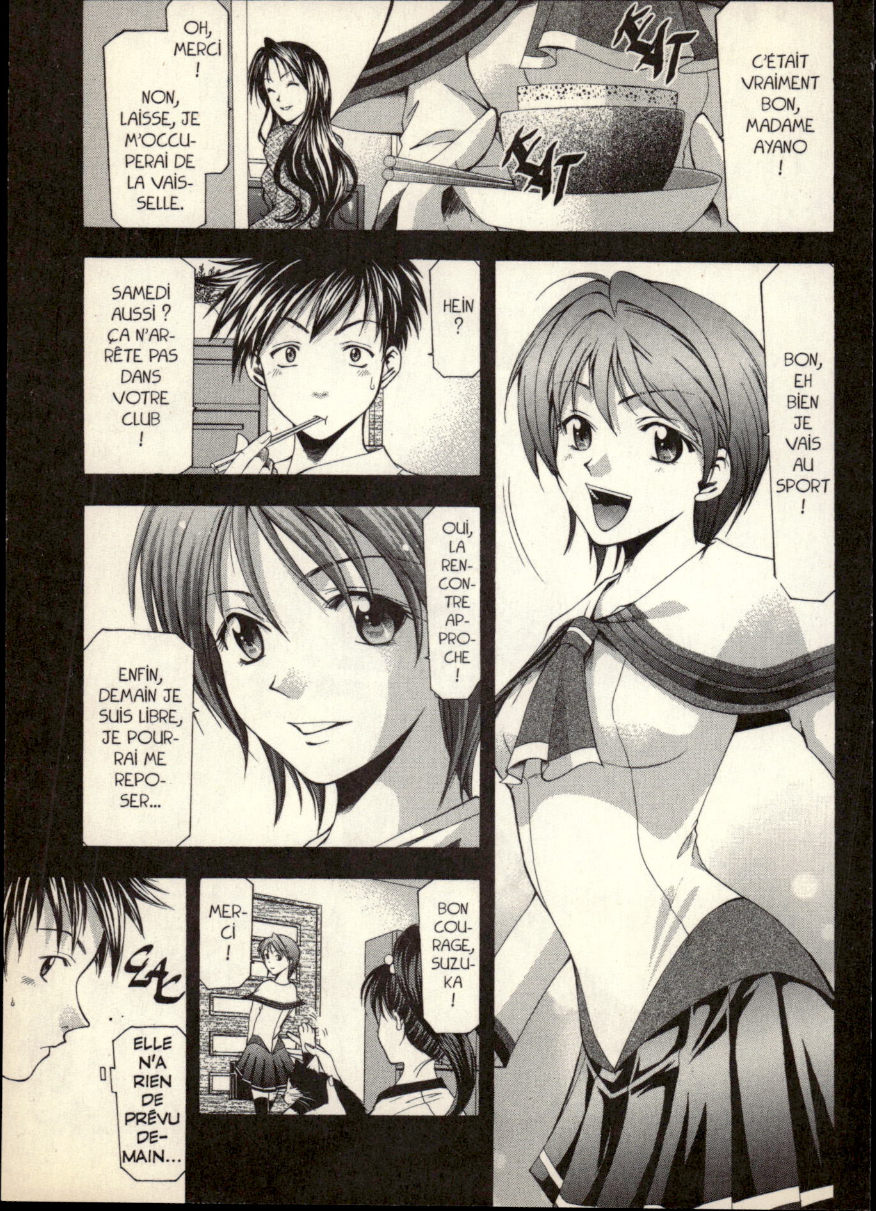
C'ÉTAIT VRAIMENT BON, MADAME AYANO !
KLAT
KLAT
OH, MERCI !
NON, LAISSE, JE M'OCCUPERAI DE LA VAISSELLE.
BON, EH BIEN JE VAIS AU SPORT !
HEIN ?
SAMEDI AUSSI ? ÇA N'ARRÊTE PAS DANS VOTRE CLUB !
OUI, LA RENCONTRE APPROCHE !
ENFIN, DEMAIN JE SUIS LIBRE, JE POURRAI ME REPOSER...
BON COURAGE, SUZUKA !
MERCI !
CLAC
ELLE N'A RIEN DE PRÉVU DEMAIN...

#11 PROMESSE

BEN ÇA VA BIEN ÊTRE LA PREMIÈRE FOIS QU'ELLE N'A RIEN DE PRÉVU LE DIMANCHE !
JE VOUDRAIS BIEN QU'ON SE FASSE UN TRUC TOUS LES DEUX...
DU SHOPPING... NON, ON EN A FAIT HIER...
KARAOKÉ... NON, ÇA N'A PAS TROP L'AIR D'ÊTRE SON TRUC...
ENFIN, MÊME SI C'ÉTAIT LE CAS, ON VA PAS FAIRE DU KARAOKÉ LE DIMANCHE NON PLUS...
UN CINOCHE ? UN PARC À THÈME ...
OUAIS, ÇA FAIT SORTIE EN AMOUREUX...
...
NON, SI JE L'INVITE DANS CE GENRE DE PLAN, C'EST COMME SI JE LUI AVOUAIS TOUT !
JE NE PEUX PAS ! JE NE PEUX PAS !
DING DONG
DING DONG
MH ?

BONJOUR ! C'EST LE JOURNAL MAÏ-ASA !
VOULEZ-VOUS VOUS ABONNER ?
HEIN ?
PARDON ?
MAIS ? UN GARÇON ? ICI ?
EUH, OUI ...
JE SUIS DE LA FAMILLE DE LA PROPRIÉTAIRE, C'EST POUR ÇA...
301
AKITSUKI YAMATO
AH D'ACCORD !
ALORS, ÇA VOUS INTÉRESSE UN QUOTIDIEN ?
NON MERCI, JE NE LIS PAS LE JOURNAL...
DÉSOLÉ !
BRONK
ET SI JE VOUS PROPOSE UN MOIS À L'ESSAI ?
HEIN ?
EUH NON, NON MERCI J'AI DIT !

* ENVIRON 24 EUROS.

TIC
TAC
ELLE EST TOMBÉE DU CIEL, ELLE !
TODOM
TODOM
ET MAINTENANT, J'AI L'ARME ULTIME QUI ME MANQUAIT !
OUAIS, C'EST EN M'ABONNANT... SYMPA, HEIN ? QU'EST-CE QUE TU EN DIS ?
FANTASYLAND
ファンタジーランド
one day free pass
AUTANT EN PROFITER, HEIN !
PLUS QU'À ATTENDRE SON RETOUR...
ET JE LUI SORS ÇA...
YES !
ÇA FAIT NATUREL ! ÇA FAIT HYPER, COMPLÈTEMENT, NATUREL ! YES !
DING DONG
YAMATO ?
HEIN, SUZUKA ?!

MADAME AYANO DIT QUE LE DÎNER EST PRÊT...
HEIN ? EUH OUI ...
?
QUOI, TU ES ENCORE MALADE ?
NON MAIS EUH... JE... EUH...
BON ! ON NE VA PAS T'ATTENDRE, ALORS, DESCENDS !
KON KON
EUH, MAIS...
...
JE ME SUIS ENTRAÎNÉ TOUT L'APRÈS-MIDI !
TOBOM TOBOM
J'Y... ARRIVE PAS !
JE SUIS TROP NUL !

POURQUOI J'AI PAS PU LUI DIRE ?
JE POUVAIS PAS LUI DIRE AU DÎNER NON PLUS DEVANT TOUT LE MONDE...
BON BEN, VA FALLOIR QUE J'AILLE LA VOIR CHEZ ELLE...
ÇA Y EST ! LE VOILÀ !
MH ?
ON T'ATTENDAIT, YAMATO ! ♡
NE BOIS PAS DANS LES ESCALIERS, SAOTOMÉ !
...
LA HARPIE DE LA RÉSIDENCE...
RON RON
ALLEZ, ON VA SE BOURRER LA GUEULE !
MAIS, MAIS SAOTOMÉ !
EH ! VOUS ENTREZ PAS CHEZ MOI COMME ÇA !

FANTASYLAND
ファンタジーランド
one day free pass
TIENS ?!
MAIS CE SONT DEUX BILLETS POUR LE FANTASYLAND ?!
NOON !
C'EST À MOI !
SWOOF
OUH LÀ !
ET Y EN A DEUX...
ÇA VEUT DIRE QUE TU VAS INVITER SUZUKA... N'EST-CE PAS ?
NON !
PAS DU TOUT !
AH BON !
ON Y VA ENSEMBLE, ALORS ?
HEIN ?!

BEN OUI, PARCE QUE JUSTEMENT JE N'AVAIS RIEN À FAIRE DEMAIN !
JE VEUX BIEN T'ACCOMPAGNER SI TU VEUX !
PERSONNE IRA AVEC MOI ! RENDS-MOI ÇA !
WAFF
À TOI, MÉGUMI !
NON !
ESPÈCE DE... C'EST À MOI !
FANTASYLAND
one day free pass
Hiii !
OUILLE...
RHAAA !
FLIF
FLOF
HOU LÀ LÀ, C'EST QU'IL Y TIENT À SES BILLETS !

RENDS-BOI LES BILLETS Z'IL DE BLAÎT !
C'EST TOUT CE QUE JE DEMANDE !
AH MAIS ...
QU'IL EST LOURD, CELUI-LÀ !
POURQUOI TU NE LUI RENDS PAS ?
IL N'A PAS L'AIR DE VOULOIR LES LÂCHER !
...
MOUI, TU AS RAISON ...
FLIP FLAP
...
EUH, LÂCHE-MOI ! TU ME FAIS MAL, YAMATO...
FLIP
FLAP
...

!
CRAP
!?
SHR-I-I-P
NAAAAAAAAAAAAAH !
FLAP FLAP
FLARK
AH BAH ?! SI JE M'ATTENDAIS...
MIAW
...
JE ...
KRRRK
PRAAA
JE MEURS !
SHANK

GORO ! JE VAIS T'ÉCHARPER !
MAW
FLOP
C'EST... C'EST DE TA FAUTE !
HEIN ?! MAIS N'IMPORTE QUOI !
VA DONC ACHETER DES KAKI-NOTANE* POUR ACCOMPAGNER L'ALCOOL !
ALORS LÀ !
T'AS INTÉRÊT À LE FAIRE, SINON REGARDE ! J'EN AI PLEIN DES COMME ÇA !
YAMATO TRIPOTANT À PLEINES MAINS LES GROS SEINS D'UNE ÉTUDIANTE !
OK, J'Y VAIS !
TU AS DIX MINUTES, ET C'EST TOI QUI PAIES !
...

C'EST LA FIN...
IL ME RESTE PLUS RIEN... PLUS RIEN...
J'AURAIS DÛ L'INVITER AVANT LE DÎNER...
MAINTENANT, IL EST TROP TARD POUR ALLER ACHETER D'AUTRES BILLETS...
旭湯
...
KON
JE PEUX PASSER ? JE DOIS ALLER AU CONVINI...
HEIN ?
EH ! JE VOUDRAIS PASSER ! TU M'AS PAS ENTENDUE ?!

SUZUKA...
MAIS C'EST TROP TARD, MAINTENANT...
AU FAIT, YAMATO...
J'AI VU LE JOURNAL DANS TA BOÎTE AUX LETTRES, TU T'ES ABONNÉ ?
HEIN ?
OUI, UNE VENDEUSE M'EN A REFOURGUÉ POUR UN MOIS !
AH OUI ! ELLE VIENT DE PASSER CHEZ MOI AUSSI, J'AI DIT NON, MOI !
MAIS ELLE M'A OFFERT DEUX BILLETS POUR FANTASYLAND !
HEIN ?
COMMENT ÇA, OFFERT ?!
BEN, C'EST UNE OPÉRATION PUBLICITAIRE, IL PARAIT...
LA MENTEUSE !
ELLE EN AVAIT PLEIN !

ALORS, JE SAIS QUE C'EST GRATUIT MAIS...
CE SERAIT DOMMAGE DE NE PAS EN PROFITER, TU NE PENSES PAS ?
HEIN ?!
QU'EST-CE QU'IL Y A ?
NON, RIEN ...
LÀ ! J'AI QU'À LUI DIRE, LÀ... NATURELLEMENT...
ALLEZ ! GO !
SUR UN TON LÉGER ! BEN Y A QU'À Y ALLER TOUS LES DEUX, ALORS !
TODOM
TODOM
ALLEZ, DIS-LE ! C'EST HYPER FACILE !
EUH ...
C'EST TA DERNIÈRE CHANCE !
TODOM

TU VEUX QUE JE VIENNE, C'EST ÇA ? BON BEN, OK, SI TU VEUX...
RHAA ! COMMENT JE LUI DIS ÇA, MOI ?!
HEEIN ?!
EUH, NON, JE VEUX DIRE...
'SCU-SE !
ÇA Y EST, ELLE VA PIQUER SA CRISE !
TU ES VRAI-MENT UN GAMIN !
QUOI ?
TU PEUX PAS DIRE LES CHOSES NORMALE-MENT ?

DIRE, JE SAIS PAS...
HEIN ?!
À MOINS QUE TU N'EN AIES PAS ENVIE !
HEIN ?! MAIS SI !
ALLONS-Y ENSEMBLE ! D'ACCORD ? DE TOUTE FAÇON, TOI AUSSI T'AS ENVIE D'Y ALLER, NON ?
OUI, SUPER, ALLONS-Y ENSEMBLE !
AH LÀ LÀ, OUI !

SOIS PRÊT DEMAIN À HUIT HEURES, ALORS !
SURTOUT NE FAIS PAS COMME LA DERNIÈRE FOIS !
EUH... OK...
OUI !
TODOM
YES !
GNH
TODOM
TODOM
OUI !
LES DIX MINUTES SONT PASSÉES... IL EST MORT !
TOUS LES MÊMES !

PRÉSENTATION DES PERSONNAGES - N° 3

YASUNOBU HATTORI (SECONDE)

Anniversaire : 16 décembre (sagittaire)
Taille 175 cm
Poids : 62 kg
Groupe sanguin : O

Ce qu'il aime :
- Les femmes (plus âgées que lui).
- Les gôkon*.
- Le karaoké.

Ce qu'il n'aime pas :
- Se lever tôt.
- Les lieux où il y a de la concurrence (les garçons).
- Les femmes possessives.

Objectif dans la vie : La polygamie.

ILS ÉTAIENT DE SORTIE CE MATIN !
QUI ÇA ?
MAIS YAMATO ET SUZUKA !
ILS VOULAIENT ÊTRE DISCRETS...
MAIS ON VOIT TOUT ICI !
ILS DOIVENT ÊTRE À FANTASYLAND...
IL A DÛ TROUVER DES BILLETS AILLEURS...
HI HI
OUI, SANS DOUTE...
ILS SONT OÙ, YAMATO ET SUZUKA ?
OH, ILS SONT SORTIS TOUT À L'HEURE...
AH BON ?! BEN ÇA ALORS ! UN DIMANCHE ?
JE ME DEMANDE BIEN OÙ ILS SONT ALLÉS !
AH !
CE GARÇON N'A DÉCIDÉMENT PAS DE CHANCE !

涼風
SUZUKA
SCHHHH
#12 DÉCLARATION

APRÈS MILLE EFFORTS, J'AI RÉUSSI À INVITER SUZUKA AU PARC D'ATTRACTIONS ET...
ET IL FAUT QU'IL PLEUVE !
C'EST NUL !
MES NOUVELLES CHAUSSURES SONT TOUTES MOUILLÉES...
LA PARADE A ÉTÉ ANNULÉE...
C'EST TOI QUI DISAIS QU'IL FERAIT BEAU !
C'EST CE QUE JE PENSAIS !
CE QUE TU PENSAIS ?! C'EST TON INSTINCT QUI TE L'A DIT ?!
MAIS ALLEZ, C'EST PAS SI GRAVE !
ON VA ALLER À L'INTÉRIEUR ET ON VERRA BIEN !

ON VERRA BIEN... OUI, FORCÉMENT... TU N'AS RIEN PRÉVU, J'EN ÉTAIS SÛRE...
BEN... J'AI CRU... QUE TOI, TU Y AURAIS PENSÉ...
MAIS NON, JE N'Y AI PAS PENSÉ ! COMME JE N'AI PAS PENSÉ QU'IL POURRAIT PLEUVOIR !
ET D'ABORD C'EST PAS AUX GARÇONS DE PENSER À TOUT ÇA ?
ALORS C'EST ÇA, TOUT EST DE MA FAUTE ?! DÉSOLÉ !
C'EST TOI QUI M'AS INVITÉE, C'ÉTAIT À TOI DE RÉFLÉCHIR À TOUT ÇA ! C'EST TOUJOURS N'IMPORTE QUOI AVEC TOI !
EXCUSEZ-MOI ! VOUS POURRIEZ ALLER VOUS DISPUTER AILLEURS ?
EUH ...
...
...

FLYING DOLPHI
S'ENFERMER QUAND ON EST DANS UN PARC D'ATTRACTIONS, NON MAIS VRAIMENT !
...
JE PENSAIS QU'ON S'AMUSERAIT... TU PARLES...
C'EST LA CRISE ...
SERREZ-VOUS, S'IL VOUS PLAÎT...
EH BEN, YAMATO !
EUH OUI !
J'EN AI ASSEZ...
APRÈS ÇA, JE RENTRE !
...
SI J'AVAIS SU, JE NE SERAIS PAS VENU...

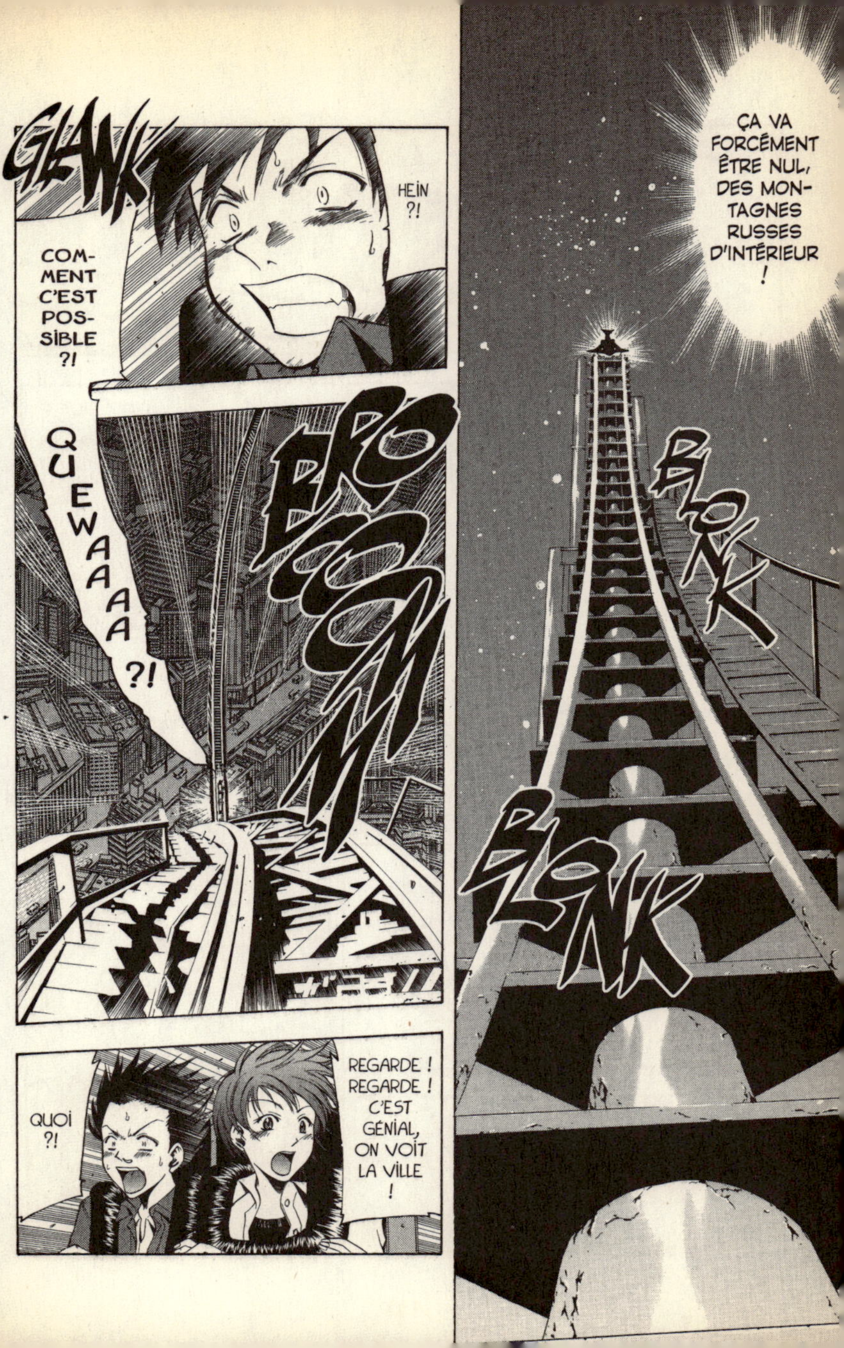
ÇA VA FORCÉMENT ÊTRE NUL, DES MONTAGNES RUSSES D'INTÉRIEUR !
BLONK
BLONK
GLANK
HEIN ?!
COMMENT C'EST POSSIBLE ?!
QUEWAAAAA ?!
REGARDE ! REGARDE ! C'EST GÉNIAL, ON VOIT LA VILLE !
QUOI ?!

EN BAS ! REGARDE ! TU VOIS PAS ?!
QUOI ?!
BR BROOOMM
MONTAGNES RUSSES D'INTÉRIEUR ? LA FOLIE QUE C'EST !
AVEC LEURS IMAGES DE SYNTHÈSE, ÇA FAIT UN TRUC ABSOLUMENT IMMENSE !
ENFIN MOI, ÇA M'A BIEN PLU MAIS...
LÀ ...
ELLE EST PAS CONTENTE !
ON VA RENTRER FISSA, JE LE SENS ...
MH ?

REGARDE, TU AS VU ?
TU FAIS UNE TÊTE !
ARRÊTE, J'AVAIS TROP PEUR, MOI !
Fantasy Land
JE LE CROIS PAS !
QUAND EST-CE QU'ON A ÉTÉ PRIS EN PHOTO ?!
BON !
ON FAIT QUOI, MAINTENANT ?
HEIN ?
BEN, TU DISAIS QU'ON RENTRAIT APRÈS LES...
DÉCIDE-TOI, ON PERD DU TEMPS !
EUH... OK !
TROP COOL ! ELLE A CHANGÉ D'AVIS, OUF !
JE SAIS ! ON VA TOUT FAIRE !
SSCHH
AH BON, TU CROIS ?

CHEER'S CAFE
CHEER'S CAFE
C'EST DÉJÀ LE SOIR, ON N'A FAIT QUE LA MOITIÉ SEULEMENT...
TU... T'ES PAS FATIGUÉE ?
JE SAVAIS PAS QUE C'ÉTAIT SI GRAND ICI...
C'EST UNE VILLE, CARRÉMENT...
DIS, TU MANQUES DE VITALITÉ...
PAPY !
PAPY ?! NON, MAIS ÇA VA !
チアレンジャー
VIDEO

TANT PIS, ON VA FAIRE UN PEU DE SHOPPING ET ON RENTRE, D'ACCORD ?
PUIS COMME LA PARA-DE A ÉTÉ ANNULÉE À CAUSE DU TEMPS...
PRAK
ATTENDS, ON PEUT PAS RESTER TRANQUILLES ENCORE UN PEU ?
AH NON !
Y A PLEIN DE BOUTIQUES, ALORS POUR CHOISIR, ÇA VA PRENDRE DU TEMPS !
ÉVI-DEM-MENT...
C'EST VRAI QUE LES ACHATS, AVEC ELLE, ÇA PREND DES PLOM-BES...
EH, TU RÂLAIS...
MAIS FINALE-MENT, TU T'AMU-SES BIEN !
HEIN ?
...
ÇA TE GÊNE ?

...
MAIS NON !
AU CONTRAIRE !
FINALEMENT...
ALLEZ ALLEZ, DEBOUT !
BON, OUAIS !
LES SORTIES AVEC ELLE, ÇA PREND TOUJOURS LA MÊME TOURNURE...
FAUT LA SUIVRE PARTOUT...
C'EST PAS MAL, ÇA !
AH NON ! TOUT MAIS PAS ÇA !
FAUT PORTER TOUS SES PETITS ACHATS...
ET TOUJOURS CETTE MÊME RELATION ENTRE NOUS...
C'EST GORO TOUT CRACHÉ !
C'EST TROP LAID !
UNE RELATION AMICALE...
C'EST TOUJOURS LA MÊME CHOSE, OÙ QU'ON AILLE...
OH !

RE-GARDE YAMA-TO !
LE CIEL S'EST DÉGA-GÉ !

SU-PER...
SAUF QUE C'EST UN PEU TARD...
HEIN ?
TU VIENS ?
JE SUIS SÛRE QUE LA PARADE VA AVOIR LIEU !

EUH... OU-AIS !
TODOM TODOM
WA
AAH
BOM
RA PLAN
BOM
OH !
ELLE NE M'A PAS LÂCHÉ LA MAIN ...
TODOM TODOM

C'EST VRAIMENT TROP BEAU ...
...
ALORS C'EST BIEN ...
C'EST BIEN COMME ÇA, RIEN DOIT CHANGER...
JE VAIS PAS TOUT GÂCHER EN LUI FAISANT UNE DÉCLARATION D'AMOUR !
FUP
SI LE TEMPS POUVAIT S'ARRÊTER...
JE LE SENS... PLUS JE SUIS AVEC ELLE ET PLUS ELLE ME FAIT CRAQUER...
OUI...
EUH ...

NON, IL NE FAUT PAS QUE ÇA CHANGE...
TODOM

SU-
ZU-
KA...

JE
T'AIME...

QUOI ?!
COMMENT ?!
C'EST QUOI, CETTE BLAGUE ?
TU ESSAIES DE M'AVOIR, HEIN ?!
QUOI ?!
MAIS TU M'AURAS PAS !
C'EST... C'EST PAS ÇA DU TOUT !
QU'EST-CE QUI M'A PRIS ?!
VITE !

IL FAUT QUE ÇA PASSE POUR UNE BLAGUE !
IL LE FAUT, POUR QUE RIEN NE CHANGE !
C'EST LA VÉRITÉ !
JE T'AIME DEPUIS LE PREMIER JOUR !
À LA SECONDE OÙ JE T'AI VUE...
SUZUKA...

PRÉSENTATION DES PERSONNAGES - N° 4

HONOKA SAKURAÏ (SECONDE)

Anniversaire : 16 septembre (vierge)
Taille : 155 cm
Poids : ? kg
Groupe sanguin : A
Mensurations : 81-59-84

Ce qu'elle aime :
- Yamato.
- Les udon de la cantine.
- Prendre un bain.

Ce qu'elle n'aime pas :
- Les dragueurs.
- Le sport.
- Les aliments mous et visqueux.

Fleurs préférées : Les pensées.

JE T'AIME DEPUIS LE PREMIER JOUR !
À LA SECONDE OÙ JE T'AI VUE...

涼風
SUZUKA
#13 DÉCHIRURE

EST-CE QUE...
EST-CE QUE TU VEUX SORTIR AVEC MOI ?
TU...
TU NE PEUX PAS ME DEMANDER UNE CHOSE PAREILLE...
ON NE SE CONNAÎT QUE DEPUIS UN MOIS À PEINE ET PUIS...
MAIS...
MAIS ÇA N'A RIEN À VOIR...
...

WAAH
WAAH
TU...
TU ES SÉRIEUX ?
...
FROT

...
BOM BOM
MAMAN ! MAMAN ! TU AS VU LE CHAT ?
NE COURS PAS ! C'EST DANGEREUX !
NE COURS PAS !

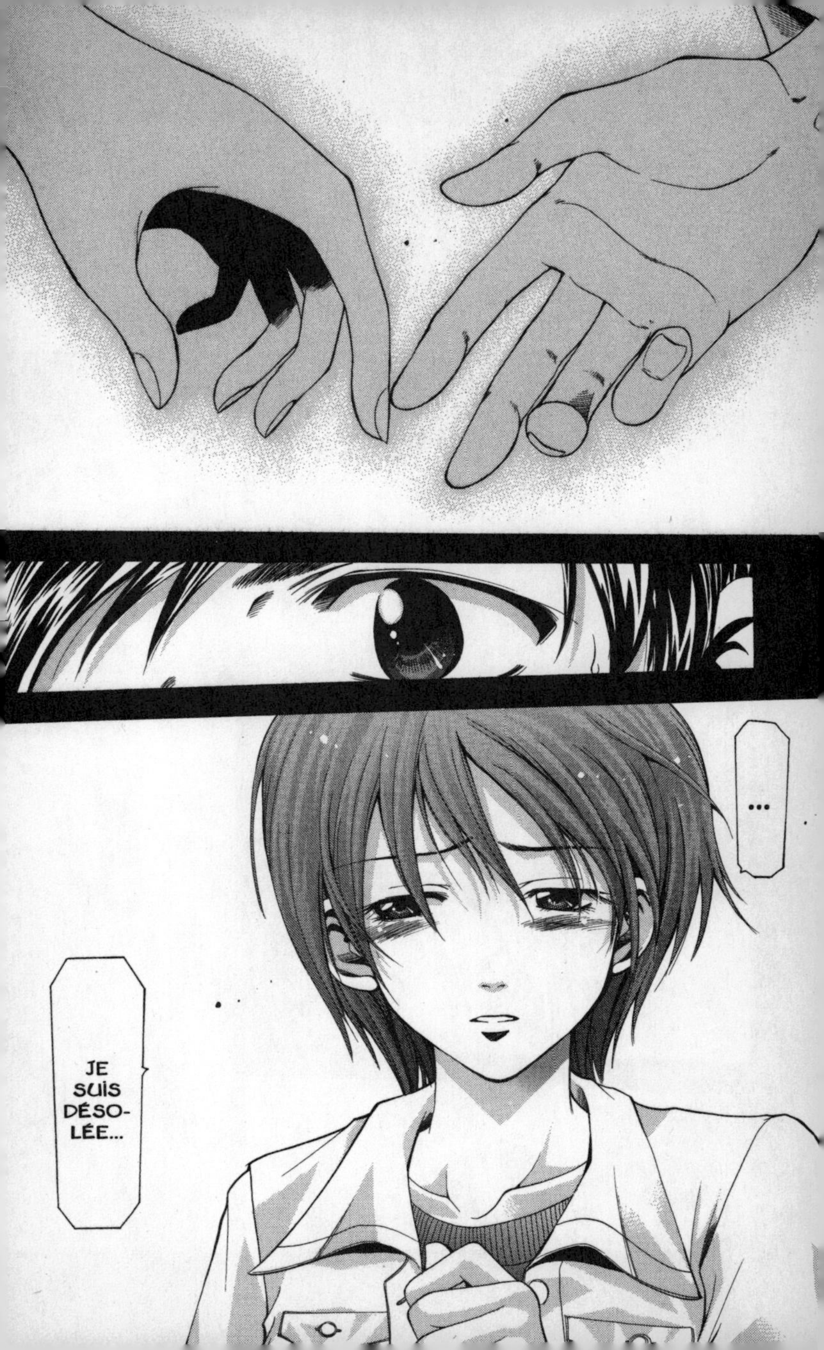
...
JE SUIS DÉSO-LÉE...

...
oui ...
C'EST NORMAL, ON, ON SE CONNAÎT À PEINE ! HA HA !
C'EST CARRÉMENT PAS GRAVE, TU SAIS ! JE DEVAIS LE DIRE, QUOI, C'EST TOUT !
...
JE SUIS DÉSOLÉE...
WAAH
WAAH
BON, ON RENTRE...
LA PARADE EST FINIE !
oui ...

EUH, JE... JE VAIS PORTER LES SACS...
HEIN ?
ARRÊTE !
C'EST MÊME PAS LOURD, ATTENDS !
NON, JE...
JE VAIS LES PORTER...
EUH, BON... TIENS !
MERCI...
TIP TOP
ASAHIYU

...
TIP
TOP
...
KON
KON
KON
HIC
EUH... BONNE NUIT !
À DEMAIN !
CLAC
...
HIIK
BONNE NUIT...

AH ! TE VOILÀ ENFIN !
CROC CROC
J'AI FAIT COMME CHEZ MOI, HEIN !
C'ÉTAIT OU-VERT, C'EST ÇA ?
C'EST ÇA...
広島 10連勝
T'ES ABONNÉ À UN JOURNAL, TOI !
CROC CROC
MH ? AH, OU-AIS...

JUSTE POUR LIRE LE PROGRAMME TÉLÉ...
ET LES PAGES SPORT ?
LÂCHE-MOI...
T'AS VU ÇA ? LES CARP* ONT ENCORE GAGNÉ...
DIX VICTOIRES CONSÉCUTIVES !
C'EST CELUI D'HIER ...
AH BON !
T'AS VU ?
ILS ONT GAGNÉ AU TENNIS !
...

SUZUKA ET MOI, ON EST ALLÉS À FANTASY-LAND...
...
AH BON ?
J'AI EU DEUX PASS GRATOS EN M'ABONNANT À CE JOUR-NAL...
ALORS, J'AI INVITÉ SUZUKA ET TU SAIS CE QU'ELLE ME SORT ?
NON !
TU VEUX QUE JE VIENNE, C'EST ÇA ? BON BEN, OK, SI TU VEUX...

ELLE EST PAS SINCÈRE ! ELLE AVAIT ENVIE D'Y ALLER !
毎朝新聞
広島 10連勝
前田がキメた!!
...
EN PLUS, COMME IL PLEUVAIT, ELLE A PAS ARRÊTÉ DE SE PLAINDRE...
COMME SI C'ÉTAIT DE MA FAUTE, QU'IL PLEUVE !
OU-AIS...
...
毎朝新聞
広島 10連勝
前田がキメた!!
FLOM
ALORS ...
ALORS, ELLE A DIT QU'ELLE VOULAIT RENTRER !

ON ÉTAIT À PEINE ARRIVÉS QU'ELLE VOULAIT DÉJÀ RENTRER...
...
MOI, JE SAVAIS PAS QUOI DIRE... TROP MAUVAIS PLAN, QUOI...
ET LÀ, TOUT À COUP, ELLE DÉCIDE FINALEMENT DE RESTER...
FLAP
広島10連勝
ALORS J'AI DÛ LA SUIVRE PARTOUT... ELLE M'A FAIT PORTER TOUS SES PETITS ACHATS...
ELLE A MÊME VOULU RESTER POUR LA PARADE DU SOIR, VU QUE LE CIEL S'ÉTAIT DÉGAGÉ...
T'Y PIGES QUELQUE CHOSE, TOI ? MOI RIEN !

J'AI JAMAIS COMPRIS CE QU'IL Y AVAIT DE PASSION-NANT DANS UNE PARADE...
J'AI TOUJOURS PENSÉ QUE ÇA GÂCHAIT DE L'ÉLECTRICITÉ POUR RIEN !
ET ELLE... ÉVIDEM-MENT, ELLE TROUVAIT ÇA BEAU...
...
PLOF
BON !
SHRAF

JE VAIS ME RENTRER, MOI !
AH... AU FAIT !
À LA GARE, ON M'A DONNÉ UN PAQUET DE MOUCHOIRS PUBLICITAIRES...
FRIF FROF
TIENS !
POF

BON, À PLUS, MAN !
OUBLIE PAS DE FERMER À CLÉ...
KLON KLON KLON
03-3XXX-00XX
042-5XX-52XX
QUOI ?
QU'EST-CE QU'IL M'EMMERDE AVEC ÇA, LUI, HEIN ?
RiiP

J'EN AI PAS BESOIN DE TES MOUCHOIRS À LA CON !
SNIRFL
...
BAH !
ACCROCHE-TOI, MAN !

À SUIVRE DANS LE VOLUME 3

POSTFACE EN IMAGES

UNE SEMAINE DANS LA VIE DE KOUJI SEO

MERCREDI
MIDI
DORMIR...
J'AURAIS DÛ M'Y METTRE PLUS TÔT...
HUF HUF
BZZZ
JE NE SAIS PAS COMMENT J'AI FAIT, J'AI FINI... ET JE FAXE...
MERCREDI
SOIR
BON, C'EST PAS MAL, ON Y VA AVEC ÇA...
C'EST VRAI ?
IL NE PEUT PAS SE PERMETTRE D'ÊTRE TROP POINTILLEUX, IL ME VEXERAIT. ÇA NE DOIT PAS ÊTRE FACILE TOUS LES JOURS POUR LUI...
COUP DE FIL DU BOSS...
JEUDI
MIDI
QUOI ?
LES CARP ONT PERDU ?
GRATT GRATT
TROP DORMI...
L'HISTOIRE ACCEPTÉE, LA MOTIVATION S'EN EST ALLÉE...
JEUDI
SOIR
OU
VENDREDI
MATIN
ET DÉSOLÉ POUR CE CONTRETEMPS, LÀ...
CLIC CLIC CLIC
E-MAIL AUX ASSISTANTS...
LEUR BOULOT QUI DOIT NORMALEMENT COMMENCER CET APRÈS-MIDI NE DÉBUTERA QUE DEMAIN SEULEMENT...
VENDREDI
MIDI
SAMEDI
MIDI
CHARETTE...
WRAK
WRAK
WRAK
RHAAA !
J'ENCRE AU MOINS NEUF PAGES AVANT L'ARRIVÉE DES ASSISTANTS...
ink
LE MOMENT OÙ JE SUIS LE PLUS EN FORME.
SAMEDI
A.M.
EUH, IL FAUT DORMIR DES FOIS...
QUAND ILS ARRIVENT, JE DORS DEBOUT...
MOI
BHELI
L'AUTEUR AIME BIEN QU'ON S'OCCUPE DE LUI...
UN ASSISTANT
SAMEDI
LA NUIT
LUNDI
MIDI
FAITES COMME VOUS LE SENTEZ, MAIS QUE ÇA AIT DE LA GUEULE, OK ?
EUUH ?
UN MAL DE REINS INSUPPORTABLE S'INSTALLE MAIS JE TERMINERAI VAILLE QUE VAILLE LES DIX PAGES QUI ME RESTENT...
QUANT À MES ASSISTANTS, JE LES LAISSE DANS LE FLOU, MAIS JE SERAI IMPITOYABLE SUR LEUR BOULOT...
LUNDI
LA NUIT
FINI !
DING DONG
LES PLANCHES SONT ACHEVÉES EN TEMPS ET EN HEURE !
ET DEVINEZ QUI VIENT SONNER À LA PORTE... PLUS JAMAIS ÇA, C'EST DÉCIDÉ, JE NE PERDRAI PLUS MON TEMPS TOUTE LA SEMAINE...
IMPOSSIBLE !
RETOUR À LA CASE DÉPART CHAQUE SEMAINE...

Titre original :
SUZUKA, VOL. 2

First published in Japan in 2004
by Kodansha Ltd., Tokyo.
Publication rights for this French edition
arranged through Kodansha Ltd., Tokyo.

French translation rights : Pika Édition

Traduction et adaptation : Taro Ochiaï
Création d'illustrations : Marcel Couchaux

ISBN : 978-2-84599-749-3
Dépôt légal : juillet 2007
Imprimé en Belgique par Walleyn Graphics
Diffusion : Hachette Livre

ATTENTION !

Ceci est la dernière page
du deuxième épisode de Suzuka.
Pour lire le début de ce volume,
il faut retourner le livre.

Une petite explication vous donnera
le mode d'emploi du sens de lecture,
fidèle à l'original, de droite à gauche,
selon le souhait de son auteur,
Kouji Seo.